प्रेमा

प्रेमा

प्रेमचंद

GYAN

प्रेमा

ISBN : 9788121265089 (PB)

भारत में सन् 2022 में प्रकाशित

ज्ञान पब्लिशिंग हाऊस

5, अंसारी रोड, दरियागंज,

नई दिल्ली–110002

वेब साइटः www.gyanbooks.com

ई–मेंलः books@gyanbooks.com

Phone : 011-47034999, 9811692060

मुद्रितः ज्ञान प्रेस, दिल्ली

अनुक्रम

1.

सच्ची उदारता

संध्या का समय है, डूबने वाले सूर्य की सुनहरी किरणें रंगीन शीशों की आड़ से, एक अंग्रेजी ढंग पर सजे हुए कमरे में झाँक रही हैं जिससे सारा कमरा रंगीन हो रहा है। अंग्रेजी ढंग की मनोहर तसवीरें, जो दीवारों से लटक रहीं है, इस समय रंगीन वस्त्र धारण करके और भी सुंदर मालूम होती हैं। कमरे के बीचोंबीच एक गोल मेज है जिसके चारों तरफ नर्म मखमली गद्दों की रंगीन कुर्सियाँ बिछी हुई हैं। इनमें से एक कुर्सी पर एक युवा पुरूष सर नीचा किये हुए बैठा कुछ सोच रहा है। वह अति सुंदर और रूपवान पुरुष है जिस पर अंग्रेजी काट के कपड़े बहुत भले मालूम होते हैं। उसके सामने मेज पर एक कागज है जिसको वह बार-बार देखता है। उसके चेहरे से ऐसा विदित होता है कि इस समय वह किसी गहरे सोच में डूबा हुआ है। थोड़ी देर तक वह इसी तरह पहलू बदलता रहा, फिर वह एकाएक उठा और कमरे से बाहर निकलकर बरांडे में टहलने लगा, जिसमे मनोहर फलों और पत्तों के गमले सजाकर धरे हए थे। वह बरांडे से फिर कमरे में आया और कागज का टुकड़ा उठाकर बड़ी बेचैनी के साथ इधर-उधर टहलने लगा। समय बहुत सुहावना था। माली फूलों की क्यारियों में पानी दे रहा था। एक तरफ साईस घोड़े को टहला रहा था। समय और स्थान दोनों ही बहुत रमणीक थे। परन्तु वह अपने विचार में ऐसा लवलीन हो रहा था कि उसे इन बातों की बिलकुल सुधि न थी। हाँ, उसकी गर्दन आप ही आप हिलाती थी और हाथ भी आप ही आप

इशारे करते थे–जैसे वह किसी से बातें कर रहा हो। इसी बीच में एक बाइसिकिल फाटक के अंदर आती हुई दिखायी दी और एक गोरा–चिट्ठा आदमी कोट पतलून पहने, ऐनक लगाये, सिगार पीता, जूते चरमर करता, उतर पड़ा और बोला, गुड ईवनिंग, अमृतराय।

अमृतराय ने चौंककर सर उठाया और बोले–ओ। आप हैं मिस्टर दाननाथ। आइए बैठिए। आप आज जलसे में न दिखायी दिये।

दाननाथ–कैसा जलसा। मुझे तो इसकी खबर भी नहीं।

अमृतराय–(आश्चर्य से) ऐं। आपको खबर ही नहीं। आज आगरा के लाला धनुषधारीलाल ने बहुत अच्छा व्याख्यान दिया और विरोधियो के दाँत खट्टे कर दिये।

दाननाथ–ईश्वर जानता है मुझे जरा भी खबर न थी, नहीं तो मैं अवश्य आता। मुझे तो लाला साहब के व्याख्यानों के सुनने का बहुत दिनों से शौक है। मेरा अभाग्य था कि ऐसा अच्छा समय हाथ से निकल गया। किस बात पर व्याख्यान था?

अमृतराय–जाति की उन्नति के सिवा दूसरी कौन–सी बात हो सकती थी? लाला साहब ने अपना जीवन इसी काम के हेतु अर्पण कर दिया है। आज ऐसा सच्चा देशभक्त और निष्काम जाति–सेवक इसदेश में नहीं है। यह दूसरी बात है कि कोई उनके सिद्धांतों को माने या न माने, मगर उनके व्याख्यानों में ऐसा जादू होता है कि लोग आप ही आप खिंचे चले आते हैं। मैंने लाला साहब के व्याख्यानों के सुनने का आनंद कई बार प्राप्त किया है। मगर आज की स्पीच में तो बात ही और थी। ऐसा जान पड़ता है कि उनकी जबान में जादू भरा है। शब्द वही होते हैं जो हम रोज काम में लाया करते हैं। विचार भी वही होते हैं जिनकी हमारे यहाँ प्रतिदिन चर्चा रहती है। मगर उनके बोलने का ढंग कुछ ऐसा अपूर्व है कि दिलों को लुभा लेता है।

दाननाथ को ऐसी उत्तम स्पीच को न सुनने का अत्यंत शोक हुआ। बोले यार, मैं जन्म का अभागा हूँ। क्या अब फिर कोई व्याख्यान न होगा?

अमृतराय–आशा तो नहीं हैं क्योंकि लाला साहब लखनऊ जा रहे है, उधर से आगरा को चले जाएंगे। फिर नहीं मालूम कब दर्शन दें।

दाननाथ-अपने कर्म की हीनता की क्या कहूँ। आपने उस स्पीच की कोई नकल की हो तो जरा दीजिए। उसी को देखकर जी को ढारस दूँ।

इस पर अमृतराय ने वही कागज का टुकड़ा जिसको वे बार-बार पढ़ रहे थे दाननाथ के हाथ में रख दिया और बोले-स्पीच के बीच-बीच में जो बातें मुझको अच्छी जान पड़ी, मैंने उनको तुरंत नकल कर लिया। ऐसी जल्दी में लिखा है कि मेरे सिवा कोई दूसरा पढ़ भी न सकेगा। देखिए, हमारी लापरवाही को कैसा आड़े हाथों लिया है-सज्जनो! हमारी इस दर्दशा का कारण हमारी लापरवाही है। हमारी दशा उस रोगी की-सा हो रही है, जो औषधि को हाथ में लेकर देखता है, मगर मुँह तक नहीं ले जाता। हाँ भाइयो, हम आँखें रखते हैं, मगर अंधे हैं, हम कान रखते हैं, मगर बहरे हैं, हम जबान रखते हैं मगर गूंगे हैं; परंतु अब वह दिन नहीं रहे कि हमको अपनी जीत की बुराइयाँ न दिखाई देती हों। हम उनको देखते हैं और मन में उनसे घृणा भी करते हैं। मगर जब कोई समय आ जाता है तो हम उसी पुरानी लकीर पर जाते हैं और नई बातों को असंभव और अनहोनी समझकर छोड़ देते हैं। हमारे डोंगे का पार लगना, जबकि मल्लाह ऐसे बोदे और कादर हैं, कठिन ही नहीं, प्रत्युत दुस्साध्य है।

अमृतराय ने बड़े ऊँचे स्वरों में उस कागज को पढ़ा। जब वह चुप हुए तो दाननाथ ने कहा-निस्संदेह बहुत ठीक कहा है। हमारी दशा के अनुकूल ही है।

अमृतराय-मुझको रह-रहकर अपने ऊपर क्रोध आता है कि मैंने सारी स्पीच क्यों न नकल कर ली। अगर कहीं अंग्रेजी स्पीच होती तो सबेरा होते ही सारे समाचारपत्रों में छप जाती। नहीं तो शायद कहीं खुलासा रिपोर्ट छपे तो छपे। (रुककर) जब से मैं जलसे से लौटकर आया हूँ, तब से बराबर वही शब्द मेरे कान में गूंज रहे हैं। प्यारे मित्र, तुम मेरे विचारों को पहले से जानते हो, आज के व्याख्यान ने उनको और भी मजबूत कर दिया है। आज से मेरी प्रतिज्ञा है कि मैं अपने को जाति पर न्योछावर कर दूंगा। तन, मन, धन सब अपनी गिरी हुई जाति की उन्नति के निमित्त अर्पण कर दूंगा। अब तक मेरे विचार मुझ ही तक थे, पर अब वे प्रत्यक्ष होंगे। अब तक मेरा हृदय दुर्बल था,

मगर आज इसमें कई दिलों का बल आ गया है। मैं खूब जानता हूँ कि मैं कोई उच्च-पदवी नहीं रखता हूँ। मेरी जायदाद भी कुछ अधिक नहीं है, मगर मैं अपना सारा जमा-जत्था अपने देश के उद्धार के लिए लंगा दूँगा। अब इस प्रतिज्ञा से कोई मुझको डिगा नहीं सकता। (जोश से) ऐ थककर बैठी हुई कौम! ले, तेरी दुर्दशा पर आँसू बहानेवालों में एक दुखियारा और बढ़ा। इस बात का न्याय करना कि तुझको इस दुखियारे से कोई लाभ होगा या नहीं, समय पर छोड़ता हूँ।

यह कहकर अमृतराय जमीन की ओर देखने लगे। दाननाथ, जो उनके बचपन के साथी थे और उनके स्वभाव से भलीभाँति परिचित थे कि जब उनको कोई धुन सवार हो जाती है तो आगा-पीछा कुछ नहीं सोचते, समझाने लगे मित्र, तुम कैसी लड़कपन की बातें करते हो। तुमको शायद अभी मालूम नहीं कि तुम कैसा भारी बोझ अपने सर पर ले रहे हो। जो रास्ता अभी तुमको साफ दिखायी दे रहा है वह कॉटो से ऐसा भरा है कि एक-एक पग धरना कठिन है।

अमृतराय-अब तो जो होना हो सो हो। जो बात दिल में जम गयी वह जम गयीं। मैं खूब जानता हूँ कि मुझको बड़ी-बड़ी कठिनाइयों का सामना करना पड़ेगा। मगर आज मेरा हिसाब ऐसा बढ़ा हुआ हैं कि मैं बड़े से बड़ा काम कर सकता हूँ और ऊँचे से ऊँचे पहाड़ पर चढ़ सकता हूँ।

दाननाथ-ईश्वर आपके उत्साह को सदा बढ़ावे। मैं जानता हूँ कि आप जिस काम के लिए उद्योग करेंगे उसे अवश्य पूरा कर दिखायेंगे। मैं आपके इरादों में विध्न डालना कदापि नहीं चाहता। मगर मनुष्य का धर्म है कि जिस काम में हाथ लगावे पहले उसका ऊँच-नीच खूब विचार ले। अब प्रच्छन बातों से हटकर प्रत्यक्ष बातों की तरफ आइए। आप जानते हैं कि इस शहर के लोग, सब के सब, पुरानी लकीर के फकीर हैं। मुझे भय है कि सामाजिक सुधार का बीज यहाँ कदापि फल-फूल न सकेगा। और फिर, आपका सहायक भी कोई नजर नहीं आता। अकेले आप क्या बना लेंगे। शायद आपके दोस्त भी इस जोखिम के काम में आपका हाथ न बँटा सकें। चाहे आपको बुरा लगे, मगर मैं यह जरूर कहँगा कि अकेले आप कुछ भी न कर सकेंगे।

अमृतराय ने अपने परम मित्र की बातों को सुनकर सर उठाया और बड़ी गंभीरता से बोले–दाननाथ। यह तुमको क्या हो गया है। क्या मैं तुम्हारे मुँह से ऐसी बोदेपन की बातें सुन रहा हूँ। तुम कहते हो अकेले क्या बना लोगे? अकेले आदमियों की कारगुजारियों से इतिहास भरे पड़े हैं। गौतम बुद्ध कौन था? एक जंगल का बसनेवाला साधु, जिसका सारे देश में कोई मददगार न था।

मगर उसके जीवन ही में आधा हिन्दोस्तान उसके पैरों पर सर धर चुका था। आपको कितने प्रमाण दूँ। अकेले आदमियों से कौमों के नाम चल रहे हैं। कौमें मर गयी हैं। आज उनका निशान भी बाकी नहीं। मगर अकेले आदमियों के नाम अभी तक जिंदा हैं। आप जानते हैं कि प्लेटो एक अमर नाम है। मगर आपमें कितने ऐसे हैं जो यह जानते हों कि वह किस देश का रहने वाला है।

दाननाथ समझदार आदमी थे। समझ गये कि अभी जोश नया है और समझाना–बुझाना सब व्यर्थ होगा। मगर फिर भी जी न माना। एक बार और उलझना आवश्यक जान पड़ा, लेकिन इसी बीच अमृतराय ने स्वीच वाला कागज लिया और बोले–मैंने ऐसी जल्दी में लिखा है कि मेरे सिवा कोई दूसरा पढ़ भी न सकेगा।

दाननाथ दृढ़तापूर्वक उन्हें समझाते हुये बोले–अच्छा मैंने मान लिया कि अकेले लोगों ने बड़ेबड़े काम किये हैं और आप भी अपनी जाति का कुछ न कुछ भला कर लेंगे मगर यह तो सोचिये कि आप उन लोगों को कितना दुख पहुँचायेंगे जिनका आपसे कोई नाता है। प्रेमा से बहुत जल्द आपका विवाह होनेवाला है। आप जानते हैं कि उसके माँ–बाप परले सिरे के कट्टर हिन्दू हैं। जब उनको आपकी अंग्रेजी पोशाक और खाने–पीने पर शिकायत है तो बतलाइए जब आप सामजिक सुधार पर कमर बांधेगे तब उनका क्या हाल होगा। शायद आपको प्रेमा से हाथ धोना पड़े।

दाननाथ का यह इशारा कलेजे में चुभ गया। दो–तीन मिनट तक वह सन्नाटे में जमीन की तरफ ताकते रहे। जब सर उठाया तो आँखे लाल थीं और उनमें आँसू डबडबाये थे। बोले–मित्र, कौम की भलाई करना साधारण काम नहीं है। यद्यपि पहले मैने इस विषय पर ध्यान न दिया था, फिर भी मेरा दिल

इस वक्त ऐसा मजबूत हो रहा है कि जाति के लिए हर एक दुःख भोगने को मैं कटिबद्ध हूँ। इसमें संदेह नहीं कि प्रेमा से मुझको बहुत ही प्रेम था। मैं उस पर जान देता था और अगर कोई समय ऐसा आता कि मुझको उसका पति बनने का आनंद मिलता तो मैं साबित करता कि प्रेम इसको कहते हैं। मगर अब प्रेमा की मोहनी मूरत मुझ पर अपना जादू नहीं चला सकती। जो देश और जाति के नाम पर बिक गया उसके दिल मे कोई दूसरी चीज जगह नहीं पा सकती। देखिए यह वह फोटो है जो अब तक बराबर मेरे सीने से लगा रहता था। आज इससे भी अलग होता हूँ यह कहते-कहते तसवीर जेब से निकली और उसके पुरजे-पुरजे कर डाले, 'प्रेमा को जब मालूम होगा कि अमृतराय अब जाति पर जान देने लगा, उसके दिन में अब किसी नवयौवना की जगह नही रही तो वह मुझे क्षमा कर देगी।'

दाननाथ ने अपने दोस्त के हाथों से तसवीर छीन लेना चाही। मगर न पा सके। बोले-अमृतराय बड़े शोक की बात है कि तुमने उस सुन्दरी की तसवीर की यह दशा की जिसकी तुम खूब जानते हो कि तुम पर मोहित है। तुम कैसे निठुर हो। यह वही सुंदरी है जिससे शादी करने का तुम्हारे वैकुंठवासी पिता ने आग्रह किया था और तुमने खुद भी कई बार बात हारी। क्या तुम नहीं जानते कि विवाह का समय अब बहुत निकट आ गया है। ऐसे वक्त में तुम्हारा इस तरह मुँह मोड़ लेना उस बेचारी के लिए बहुत ही शोकदायक होगा।

इन बातों को सुनकर अमृतराय का चेहरा बहुत मलिन हो गया। शायद वे इस तरह तस्वीर के फाड़ देने का कुछ पछतावा करने लगे। मगर जिस बात पर अड़ गये थे उस पर अड़े ही रहे। इन्हीं बातों में सूर्य अस्त हो गया। अँधेरा छा गया। दाननाथ उठ खड़े हुए। अपनी बाइसिकिल सँभाली और चलते-चलते यह कहा-मिस्टर राय। खूब सोच लो। अभी कुछ नहीं बिगड़ा है। आओ आज तुमको गंगा की सैर करा लायें। मैंने एक बजरा किराये पर ले रक्खा है। उस पर चाँदनी रात में बड़ी बहार रहेगी।

अमृतराय इस समय आप मुझको क्षमा कीजिए। फिर मिलूँगा।

दाननाथ तो यह बातचीत करके अपने मकान को रवाना हुए और अमृतराय उसी अँधेरे में, बड़ी देर तक चुपचाप खड़े रहे। वह नहीं मालूम क्या

सोच रहे थे। जब अँधेरा अधिक हुआ तो वह जमीन पर बैठ गये। उन्होंने उस तसवीर के पुर्जे सब एक-एक करके चुन लिये। उनको बड़े प्यार से सीने में लगा लिया और कुछ सोचते हुए कमरे में चले गए।

बाबू अमृतराय शहर के प्रतिष्ठित रईसों में समझे जाते थे। वकालत का पेशा कई पुश्तों से चला आता था। खुद भी वकालत पास कर चुके थे। और यद्यपि वकालत अभी तक चमकी न थी, मगर बाप-दादे ने नाम ऐसा कमाया था कि शहर के बड़े-बड़े रईस भी उनका दाब मानते थे। अंग्रेजी कालिज में इनकी शिक्षा हुई थी और यह अंग्रेजी सभ्यता के प्रेमी थे। जब तक बाप जीते थे तब तक कोट-पतलून पहनते तनिक डरते थे। मगर उनका देहाँत होते ही खुल पड़े। ठीक नदी के समीप एक सुंदर स्थान पर कोठी बनवायी। उसको बहुत कुछ खर्च करके अंग्रेजी रीति पर सजाया। और अब उसी में रहते थे। ईश्वर की कृपा से किसी चीज की कमी न थी। धन-द्रव्य, गाड़ी-घोड़े सभी मौजूद थे।

अमृतराय को किताबों से बहुत प्रेम था। मुमकिन न था कि नयी किताब प्रकाशित हो और उनके पास न आवे। उत्तम कलाओं से भी उनकी तबीयत को बहुत लगाव था। गान-विद्या पर तो वे जान देते थे। गो कि वकालत पास कर चुके थे मगर अभी तक विवाह नहीं हुआ था। उन्होंने ठान लिया था कि जब तक वकालत खूब न चलने लगेगी तब तक विवाह न करूँगा। उस शहर के रईस लाला बदरीप्रसाद साहब उनको कईसाल से अपनी इकलौती लड़की प्रेमा के वास्ते, चुन बैठे थे। प्रेमा अति सुंदर लड़की थी और पढ़ने-लिखने, सीने-पिरोने में निपुण थी। अमृतराय के इशारे से उसको थोड़ी सही अंग्रेजी भी पढ़ा दी गयी थी जिसने उसके स्वभाव में थोड़ी-सी स्वतंत्रता पैदा कर दी थी। मुंशी जी ने बहुत कहने-सुनने से दोनो प्रेमियों को चिटठी पत्री लिखने की आज्ञा दे दी थी। और शायद आपस में तसवीरों की भी अदला-बदली हो गई थी।

बाबू दाननाथ, अमृतराय के बचपन के साथियों में से थे। कालिज में भी दोनों का साथ रहा। वकालत भी साथ पास की और दो मित्रों मे जैसी सच्ची प्रीति हो सकती है वह उनमे थी। कोई बात ऐसी न थी जो एक दूसरे के लिए

उठा रखे। दाननाथ ने एक बार प्रेमा को महताबी पर खड़े देख लिया था। उसी वक्त से वह दिल में प्रेमा की पूजा किया करता था। मगर यह बात कभी उसकी जबान पर नहीं आयी। वह दिल ही दिल में घुटकर रह जाता। सैकड़ों बार उसकी स्वार्थ दृष्टि ने उसे उभारा था कि तू कोई चाल चलकर बदरीप्रसाद का मन अमृतराय से फेर दे, परंतु उसने हर बार इस कमीनेपन के ख्याल को दबाया था। वह स्वभाव का बहुत निर्मल और आचरण का बहुत शुद्ध था। वह मर जाना पसंद करता मगर किसी को हानि पहुँचाकर अपना मनोरथ कदापि पूरा नहीं कर सकता था। यह भी न था कि वह केवल दिखाने के लिए अमृतराय से मेल रखता हो और दिल में उनसे जलता हो। वह उनके साथ सच्चे मित्र भाव का बर्ताव करता था।

आज भी, जब अमृतराय ने उससे अपने इरादे जाहिर किये तब उसने सच्चे दिल से उनको समझाकर ऊँच नीच सुझाया। मगर इसका जो कुछ असर हुआ हम पहले दिखा चुके है। उसने साफ-साफ कह दिया कि अगर तुम रिफार्मरों की मंडली में मिलोगे तो प्रेमा से हाथ धोना पड़ेगा। मगर अमृतराय ने एक न सुनी। मित्र का जो धर्म है वह दाननाथ ने पूरा कर दिया। मगर जब उसने देखा कि यह अपने अनुष्ठान पर अड़े ही रहेंगे तो उसको कोई वजह न मालूम हुई कि मैं यह सब बातें बदरी प्रसाद से बयान करके क्यों न प्रेमा का पति बनने का उदयोग करूँ। यहाँ से वह यही सब बातें सोचते विचारते घर पर आये। कोट-पतलून उतार दिया और सीधे-सादे कपड़े पहिन मुंशी बदरीप्रसाद के मकान को रवाना हुए। इस वक्त उसके दिन की जो हालत हो रही थी, बयान नही की जा सकती। कभी यह विचार आता कि मेरा इस तरह जाना, लोगों को मुझसे नाराज न कर दे। मुझे लोग स्वार्थी न समझने लगें। फिर सोचता कि कहीं अमृतराय अपना इरादा पलट दें और आश्चर्य नहीं कि ऐसा ही हो, तो मैं कहीं मुँह दिखाने योग्य न रहूँगा। मगर यह सोचते-सोचते जब प्रेमा की मोहनी मूरत आँख के सामने आ गयी। तब यह सब शंकाएँ दूर हो गयीं। और वह बदरीप्रसाद के मकान पर बातें करते दिखायी दिये।

2.

जलन बुरी बला है

लाला बदरीप्रसाद अमृतराय के बाप के दोस्तों में थे और अगर उनसे अधिक प्रतिष्ठित न थे तो बहुत हेठे भी न थे। दोनों में लड़के-लड़की के ब्याह की बातचीत पक्की हो गयी थी। और अगर मुंशी धनपतराय दो बरस भी और जीते तो बेटे का सेहरा देख लेते। मगर कालवश हो गये। और यह अरमान मन में लिये वैकुण्ठ को सिधारे। हाँ, मरते-मरते उनकी बेटे को यह नसीहत थी कि मु० बदरीप्रसाद की लड़की से अवश्य विवाह करना। अमृतराय ने भी लजाते-लजाते बात हारी थी। मगर मुंशी धनपतराय को मरे आज पाँच बरस बीत चुके थे। इस बीच में उन्होंने वकालत भी पास कर ली थी और अच्छे खासे अंग्रेज बन बैठे थे। इस परिवर्तन ने पब्लिक की आँखो में उनका आदर घटा दिया था। इसके विपरीत बदरीप्रसाद पक्के हिन्दू थे। साल भर, बारहों मास, उनके यहाँ श्रीमद्‌भागवत की कथा हुआ करती थी। कोई दिन ऐसा न जाता कि भंडार में सौ पचास साधुओं का प्रसाद न बनता हो। इस उदारता ने उनको सारे शहर में सवप्रिय बना दिया था। प्रतिदिन भोर होते ही, वह गंगा स्नान को पैदल जाया करते थे और रास्ते में जितने आदमी उनको देखते सब आदर से सर झुकाते थे और आपस में कानाफूसी करते कि दुखियारों का यह दाता सदा फलता-फूलता रहे।

यद्यपि लाला बदरीप्रसाद, अमृतराय की चाल-ढाल को पसंद न करते थे और कई बेर उनको समझा कर हार भी चुके थे, मगर शहर में ऐसा होनहार,

विद्यावान, सुंदर और धनिक कोई दूसरा आदमी न था जो उनकी प्राण से अधिक प्रिय लड़की प्रेमा के पति बनने के योग्य हो। इस कारण वे बेबस हो रहे थे। लड़की अकेली थी, इसलिए दूसरे शहर में ब्याह भी न कर सकते थे। इस लड़की के गुण और सुंदरता की इतनी प्रशंसा थी कि उस शहर के सब रईस उसे चाहते थे। जब किसी काम-काज के मौके पर प्रेमा सोलहों श्रृंगार करके जाती तो जितनी और स्त्रियाँ वहाँ होतीं उसके पैरों तले आंखे बिछातीं। बड़ी-बूढी औरतें कहा करती थीं कि ऐसी सुंदर लड़की कहीं देखने में नहीं आई और जैसी प्रेमा औरतों में थी वैसे ही अमृतराय मर्दो में थे। ईश्वर ने अपने हाथ से दोनों का जोड़ मिलाया था।

हाँ, शहर के पुराने हिन्दू लोग इस विवाह के खिलाफ थे। वह कहते कि अमृतराय सब गुण आगर सही, मगर है तो ईसाई। उनसे प्रेमा जैसी लड़की का विवाह करना ठीक नहीं है। मुंशी जी के नातेदार लोग भी इस शादी के विरूद्ध थे। इसी खींचातानल में पाँच बरस बीत चुके थे। अमृतराय भी कुछ बहुत उद्यम न मालूम होते थे। मगर इस साल मुंशी बदरीप्रसाद ने भी हियाब किया, और अमृतराय भी मुस्तैद हुए और विवाह की साइत निश्चय की गयी। अब दोनों तरफ तैयारियां हो रही थी। प्रेमा की माँ अमृतराय के नाम पर बिकी हुई थी और लड़की के लिए अभी से गहने-पाते बनवाने लगी थी, कि निदान आज यह महाभयानक खबर पहुँची कि अमृतराय ईसाई हो गया है और उसका किसी मेम से विवाह हो रहा है।

इस खबर ने मुंशी जी के दिल पर वही काम किया जो बिजली किसी हरे-भरे पेड़ पर गिर कर करती है। वे बूढ़े तो थे ही, इस धक्के को न सह सके और पछाड़ खाकर जमीन पर गिर पड़े। उनका बेसुध होना था कि सारा भीतर-बाहर एक हो गया। तमाम नौकर-चाकर, अपने-पराये इकटठे हो गये और 'क्या हुआ'। 'क्या हुआ'। का शोर मचने लगा। अब जिसको देखिये यही कहता फिरता है कि अमृतराय ईसाई हो गया है। कोई कहता है थाने में रपट करो, कोई कहता है चलकर मारपीट करो। बाहर से दम ही दम में अंदर खबर पहुँची। वहाँ भी कुहराम मच गया। प्रेमा की माँ बेचारी बहुत दिनों से बीमार थी। और उन्हीं की जिद थी कि बेटी की शादी जहाँ तक जल्द हो जाय अच्छा

है। यद्यपि वह पुराने विचार की बूढ़ी औरत थी और उनको प्रेमा का अमृतराय के पास प्रेम पत्र भेजना एक आँख न भाता था। तथापि जब से उन्होंने उनको एक बार अपने आंगन में खड़े देख लिया था तब से उनको यही धुन सवार थी कि मेरी आँखों की तारा का विवाह हो तो उन्हीं से हो। वह इस वक्त बैठी हुई बेटी से बातचीत कर रही थी कि बाहर से यह खबर पहुँची। वह अमृतराय को अपना दामाद समझने लगी थी और कुछ तो न हो सका बेटी को गले लगाकर रोने लगीं। प्रेमा ने आंसू को रोकना चाहा, मगर न रोक सकी। उसकी बरसों की संचित आशारूपी बेल-क्षण मात्र में कुम्हला गयी। हाय। उससे रोया भी न गया। चित्त व्याकुल हो गया। माँ को रोती छोड़ वह अपने कमरे में आयी, चारपाई पर धम से गिर पड़ी। जबान से केवल इतना निकला कि नारायण, अब कैसे जीऊँगी और उसके भी होश जाते रहे। तमाम घर की लौड़ियाँ उस पर जान देती थीं। सब की सब एकत्र हो गयीं। और अमृतराय को 'हत्यारे' और 'पापी' की पदवियाँ दी जाने लगी।

अगर घर में कोई ऐसा था कि जिसको अमृतराय के ईसाई होने का विश्वास न आया तो वह प्रेमा केभाई बाबू कमला प्रसाद थे। बाबू साहब बड़े समझदार आदमी थे। उन्होंने अमृतराय के कई लेख मासिकपत्रों में देखे थे, जिनमें ईसाई मत का खंडन किया गया था। और 'हिन्दू धर्म की महिमा' नाम की जो पुस्तक उन्होंने लिखी थी उसकी तो बड़े-बड़े पंडितो ने तारीफ की थी। फिर कैसे मुमकिन था कि एकदम उनके खयाल पलट जाते और वह ईसाई मत धारण कर लेते। कमलाप्रसाद यही सोच रहे थे कि दाननाथ आते दिखायी दिये। उनके चेहरे से घबराहट बरस रही थी। कमलाप्रसाद ने उनको बड़े आदर से बैठाया और पूछने लगे-यार, यह खबर कहाँ से उड़ी? मुझे तो विश्वास नहीं आता।

दाननाथ-विश्वास आने की कोई बात भी तो हो। अमृतराय का ईसाई होना असंभव है। हाँ वह रिफार्म मंडली में जा मिले है, मुझसे भूल हो गयी कि यही बात तुमसे न कही।

कमलाप्रसाद-तो क्या तुमने लाला जी से यह कह दिया?

दाननाथ ने संकोच से सर झुका कर कहा-यही तो भूल हो गई। मेरी अक्ल पर पत्थर पड़ गये थे। आज शाम को जब अमृतराय से मुलाकात करने

गया तो उन्होंने बात-बात में कहा कि अब मैं शादी न करूँगा। मैंने कुछ न सोचा विचारा और यह बात आकर मुंशी जी से कह दी। अगर मुझको यह मालूम होता कि इस बात का यह बतंगड़ हो जायगा तो मैं कभी न कहता। आप जानते हैं कि अमृतराय मेरे परम मित्र हैं। मैंने जो यह संदेशा पहुँचाया तो इससे किसी की बुराई करने का आशय न था। मैंने केवल भलाई की नीयत से यह बात कही थी। क्या कहूँ, मुंशी जी तो यह बात सुनते ही ज़ोर से चिल्ला उठे–वह ईसाई हो गया। मैंने बहुतेरा अपना मतलब समझाया मगर कौन सुनता है। वह यही कहते मूर्छा खाकर गिर पड़े।

कमलाप्रसाद यह सुनते ही लपककर अपने पिता के पास पहुंचे। वह अभी तक बेसुध थे। उनको होश में लाये और दाननाथ का मतलब समझाया और फिर घर में पहुंचे। उधर सारे मुहल्ले की स्त्रियाँ प्रेमा के कमरे में एकत्र हो गयी थीं और अपने अपने विचारनुसार उसको सचेत करने की तरकीबें कर रही थीं। मगर अब तक किसी से कुछ न बन पड़ा। निदान एक सुंदर नवयौवना दरवाजे से आती दिखायी दी। उसको देखते ही सब औरतों ने शोर मचाया लो पूर्णा आ गयी। अब रानी को चेत आ जायेगी। पूर्णा एक ब्राह्मणी थी। इसकी उम्र केवल बीस वर्ष की होगी। यह अति सुशीला और रूपवती थी। उसके बदन पर सादी साड़ी और सादे गहने बहुत ही भले मालूम होते थे। उसका विवाह पंडित बसंतकुमार से हुआ था जो एक दफ्तर में तीस रूपये महीने के नौकर थे। उनका मकान पड़ोस ही में था। पूर्णा के घर में दूसरा कोई न था। इसलिए जब दस बजे पंडित जी दफ्तर को चले जाते तो वह प्रेमा के घर चली आती और दोनो सखियाँ शाम तक अपने-अपने मन की बातें सुनाया करतीं। प्रेमा उसको इतना चाहती थी कि यदि वह कभी किसी कारण से न आ सकती तो स्वयं उसके घर चली जाती। उसे देखे बिना उसको कल न पड़ती थी। पूर्णा का भी यही हाल था।

पूर्णा ने आते ही सब स्त्रियों को वहाँ से हटा दिया, प्रेमा को इत्र सुंघाया केवडे और गुलाब का छींटा मुख पर मारा। धीरे-धीरे उसके तलवे सहलाये, सब खिड़कियाँ खुलवा दीं। इस तरह जब ठंडक पहुँची तो प्रेमा ने आँखे खोल दीं और चौंककर उठ बैठी। बूढी माँ की जान में जान आई। वह पूर्णा की

बलायें लेने लगी। और थोड़ी देर में सब स्त्रियाँ प्रेमा को आशीर्वाद देते हुए सिंधारी। पूर्णा रह गई। जब एकांत हुआ तो उसने कहा-प्यारी प्रेमा आँखे खोलो। यह क्या गत बना रक्खी है।

प्रेमा ने बहुत धीरे से कहा-हाय। सखी मेरी तो सब आशाएँ मिट्टी में मिल गयीं।

पूर्णा-प्यारी ऐसी बातें न करों। जरा दिल को सँभालो और बताओ तुमको यह खबर कैसे मिली?

प्रेमा-कुछ न पूछो सखी, मैं बड़ी अभागिनी हूँ (रोकर) हाय, दिल बैठा जाता है। मैं कैसे जीऊँगी।

पूर्णा-प्यारी जरा दिल को ढारस तो दो। मैं अभी सब पता लगाये देती हूँ। बाबू अमृतराय पर जो दोष लोगों ने लगाया है वह सब झूठ है।

प्रेमा-सखी, तुम्हारे मुँह में घी शक्कर। ईश्वर करें तुम्हारी बातें सच हों। थोड़ी देर चुप रहने के बाद वह फिर बोली-कहीं एक दम के लिए मेरी उस कठकलेजिये से भेट हो जाती तो मैं उनका क्षेम कुशल पूछती। फिर मुझे मरने का रंज न होता।

पूर्णा-यह कैसी बात कहती हो सखी, मरे वह जो तुमको देख न सके। मुझसे कहो मैं तांबे के पत्र पर लिख दूं कि अमृतराय अगर ब्याह करेंगे तो तुम्हीं से करेंगे। तुम्हारे पास उनके बीसियों पत्र पड़े हैं। मालूम होता है किसी ने कलेजा निकाल के धर दिया है। एक-एक शब्द से सच्चा प्रेम टपकता है। ऐसा आदमी कभी दगा नहीं कर सकता। प्रेमा यही सब सोच-सोचकर तो आज चार बरस से दिल को ढारस दे रही हूँ। मगर अब उनकी बातों का मुझे विश्वास नहीं रहा। तुम्हीं बताओ, मैं कैसे जानूं कि उनको मुझसे प्रेम है? आज चार बरस के दिन बीत गयें। मुझे तो एक-एक दिन काटना दूभर हो रहा है और वहाँ कुछ खबर ही नहीं होती। मुझे कभी-कभी उनके इस टालमटोल पर ऐसी झुंझलाहट होती है कि तुमसे क्या कहूँ। जी चाहता है उनको भूल जाऊँ। मगर कुछ बस नहीं चलता। दिल बेहया हो गया।

यहाँ अभी यही बातें हो रही थी कि बाबू कमलाप्रसाद कमरे में दाखिल हुए। उनको देखते ही पूर्णा ने घूँघट निकाल ली और प्रेमा ने भी चट आँखों से आँसू पोंछ लिए और सँभल बैठी।

कमलाप्रसाद-प्रेमा, तुम भी कैसी नादान हो। ऐसी बातों पर तुमको विश्वास क्योंकर आ गया? इतना सुनना था कि प्रेमा का मुखड़ा गुलाब की तरह खिल गया। हर्ष के मारे आँखे चमकने लगी। पूर्णा ने आहिस्ता से उसकी एक उँगली दबायी। दोनों के दिल धड़कने लगे कि देखें यह क्या कहते हैं।

कमलाप्रसाद-बात केवल इतनी हुई कि घंटा भर हुआ, लाला जी के पास बाबू दाननाथ आये हुए थे। शादी ब्याह की चर्चा होने लगी तो बाबू साहब ने कहा कि मुझे तो बाबू अमृतराय के इरादे इस साल भी पक्के नहीं मालूम होते। शायद वह रिफार्म मंडली में दाखिल होने वाले है। बस इतनी सी बात लोगों ने कुछ का कुछ समझ लिया। लाला जी इधर बेहोश होकर गिर पड़े। अम्मा उधर बदहवास हो गयीं। अब जब तक उनको संभालू कि सारे घर में कोलाहल होने लगा। ईसाई होना क्या कोई दिल्लगी है। और फिर उनको इसकी जरूरत ही क्या है। पूजा पाठ तो वह करते नहीं तो उन्हें क्या कुत्ते ने काटा है कि अपना मत छोड़ कर नक्कू बनें। ऐसी बे सर-पैर की बातों पर एतबार नहीं करना चाहिए। लो अब मुँह धो डालो। हँसी-खुशी की बातचीत की। मुझे तुम्हारे रोने-धोने से बहुत रंज हुआ।

यह कहकर बाबू कमलाप्रसाद बाहर चले गये और पूर्णा ने हंसकर कहा-सुना कुछ मैं जो कहती थी कि यह सब झूठ हैं। ले अब मुंह मीठा करावो।

प्रेमा ने प्रफुल्लित होकर पूर्णा को छाती से लिपटा लिया और उसके पतले-पतले होठों को चूमकर बोली-मुँह मीठा हुआ या और लोगी?

पूर्णा-यह मिठाइयाँ रख छोडो उनके वास्ते जिनकी निठुराई पर अभी कुढ़ रही थीं। मेरे लिए तो आगरा वाले की दुकान की ताजी-ताजी इमरतियाँ चाहिए।

प्रेमा-अच्छा अब की उनको चिटठी लिखेंगी तो लिख दूंगी कि पूर्णा आपसे इमरतियाँ माँगती है। पूर्णा-तुम क्या लिखोगी, हाँ, मैं आज का सारा वृतांत लिखूँगी। ऐसा-ऐसा बनाऊँगी कि तुम भी क्या याद करो। सारी कलई खोल दूंगी।

प्रेमा-(लजाकर) अच्छा रहने दीजिए यह सब दिल्लगी। सच मानो पूर्णा, अगर आज की कोई बात तुमने लिखी तो फिर मैं तुमसे कभी न बोलूँगी।

पूर्णा-बोलो या न बोलो, मगर मैं लिखूँगी जरूर। इसके लिए तो उनसे जो चाहूँगी ले लूँगी। बस इतना ही लिख दूँगी कि प्रेमा को अब बहुत न तरसाइए।

प्रेमा-(बात काटकर) अच्छा लिखिएगा तो देखूँगी। पंडित जी से कहकर वह दुर्गत कराऊँ कि सारी शरारत भूल जाओ। मालूम होता है उन्होंने तुम्हें बहुत सर चढ़ा रखा है।

अभी दोनों सखियाँ जी भर कर खुश न होने पायी थीं कि उनको रंज पहुँचाने का फिर सामान हो गया। प्रेमा की भावज अपनी ननद से हरदम जला करती थी। अपने सास-ससुर से यहाँ तक कि पति से भी, कहती रहती कि प्रेमा में ऐसे कौन से चाँद लगे कि सारा घराना उन पर निछावर होने को तैयार रहता है। उनका आदर सब क्यों करते है मेरी बात तक कोई नहीं पूछता। मैं उनसे किसी बात में कम नहीं हूँ। गोरेपन में, सुंदरता में, श्रृंगार में मेरा नंबर उनसे बराबर बढ़ा-चढ़ा रहता है। हाँ वह पढ़ी-लिखी है। मैं बौरी इस गुण को नहीं जानती। उन्हें तो मर्दो में मिलना है, नौकरी-चाकरी करना है, मुझ बेचारी के भाग में तो घर का काम-काज करना ही बदा है। ऐसी निरलज लड़की। अभी शादी नहीं हुई, मगर प्रेम-पत्र आते-जाते हैं।, तसवीरें भेजी जाती हैं। अभी आठ-नौ दिन होते है कि फूलों के गहने आये हैं। आँखो का पानी मर गया है। और ऐस कुलवंती पर सारा कुनबा जान देता है। प्रेमा उनके ताने और उनकी बोली-ठोलियो को हँसी में उड़ा दिया करती और अपने भाई के खातिर भावज को खुश रखने की फिक्र में रहती थी। मगर भाभी का मुँह उससे हरदम फूला रहता। आज उन्होंने ज्यों ही सुना कि अमृतराय ईसाई हो गये हैं तो मारे खुशी के फूली नहीं समायी। मुसकराते, मचलते, मटकते, प्रेमा के कमरे में पहुँची और बनावट की हँसी हँसकर बोली-क्यों रानी आज तो बात खुल गयी। प्रेमा ने यह सुनकर लाज से सर झुका लिया मगर पूर्णा बोली-सारा भाँडा फूट गया। ऐसी भी क्या कोई लड़की मर्दो पर फिसले। प्रेमा ने लजाते हुए जवाब दिया-जाओ। तुम लोगों की बला से। मुझसे मत उलझो।

भाभी–नहीं–नहीं, दिल्लगी की बात नहीं। मर्द सदा के कठकलेजी होते हैं। उनके दिल में प्रेम होता ही नहीं। उनका जरा–सा सर धमकें तो हम खाना पीना त्याग देती हैं, मगर हम मर ही क्यों न जायँ उनको जरा भी परवा नहीं होती। सच है, मर्द का कलेजा काठ का।

पूर्णा–भाभी। तुम बहुत ठीक कहती हो। मर्दो का कलेजा सचमुच काठ का होता है। अब मेरे ही यहाँ देखों, महीने में कम–से–कम दस–बारह दिन उस मुये साहब के साथ दौरे पर रहते है। मैं तो अकेली सुनसान घर में पड़े–पड़े कराहा करती हूँ। वहाँ कुछ खबर ही नहीं होती। पूछती हूँ तो कहते हैं, रोना–गाना औरतों का काम है। हम रोंये–गाये तो संसार का काम कैसे चले।

भाभी–और क्या, जानो संसार अकेले मर्दो ही के थामे तो थमा है। मेरा बस चले तो इनकी तरफ आँख उठाकर भी न देखूं। अब आज ही देखो, बाबू अमृतराय का करतब खुला तो रानी ने अपनी कैसी गत बना डाली। (मुस्कराकर) इनके प्रेम का तो यह हाल है और वहाँ चार वर्ष से हीला हवाला करते चले आते हैं। रानी। नाराज न होना, तुम्हारे खत जाते हैं। मगर सुनती हूँ वहाँ से विरले ही किसी खत का जवाब आता है। ऐसे निर्मोहियों से कोई क्या प्रेम करें। मेरा तो ऐसों से जी जलता है। क्या किसी को अपनी लड़की भारी पड़ी है कि कुएँ में डाल दें। बला से कोई बड़ा मालदार है, बड़ा सुंदर है, बड़ी ऊँची पदवी पर है। मगर जब हमसे प्रेम ही न करें तो क्या हम उसकी धन दौलत को लेकर चाटते? संसार में एक से एक लाल पड़े हैं, और प्रेमा जैसी दुलहिन के वास्ते दुलहों का काल।

प्रेमा को यह बातें बहुत बुरी मालूम हुई, मगर मारे संकोच के कुछ बोल न सकी। हाँ, पूर्णा ने जवाब दिया–नहीं, भाभी, तुम बाबू अमृतराय पर अन्याय कर रही हो। उनको प्रेमा से सच्चा प्रेम है। उनमें और दूसरे मर्दो मे बड़ा भेद है।

भाभी–पूर्ण अब मुंह न खुलवाओ। प्रेम नहीं पत्थर करते हैं? माना कि वे बड़े विद्यावाले है और छुटपने में ब्याह करना पसंद नहीं करते। मगर अब तो दोनों में कोई भी कमसिन नहीं है। अब क्या बूढे होकर ब्याह करेंगे? मैं

तो बात सच कहूँगी उनकी ब्याह करने की चेष्टा ही नहीं है। टालमटोल से काम निकालना चाहते हैं। यही ब्याह के लक्षण हैं कि प्रेमा ने जो तस्वीर भेजी थी वह टुकड़े-टुकड़े करके पैरों तले कुचल डाली। मैं तो ऐसे आदमी का मुँह भी न देखूँ।

प्रेमा ने अपनी भावज को मुस्कराते हुए आते देखकर ही समझ लिया था कि कुशल नहीं है। जब यह मुस्कराती है, तो अवश्य कोई न कोई आग लगाती है। वह उनकी बातचीत का ढंग देखकर सहमी जाती थी कि देखें यह क्या सुनावनी सुनाती है। भाभी की यह बात तीर की तरह कलेजे के पार हो गई, हक्का-बक्का होकर उसकी तरफ ताकने लगी, मगर पूर्णा को विश्वास न आया, बोली यह क्या अनर्थ करती हो, भाभी। भइया अभी आये थे उन्होंने इसकी कुछ भी चर्चा नही की। मैं तो जानती हूँ कि पहली बात की तरह यह भी झूठी है। यह असंभव है कि वह अपनी प्रेमा की तसवीर की ऐसी दुर्गत करे।

भाभी-तुम्हारे न पतियाने को मैं क्या करूं, मगर यह बात तुम्हारे भइया खुद मुझसे कह रहे थे। और फिर इसमें बात ही कौन-सी है, आज ही तसवीर मँगा भेजो। देखो क्या जवाब देते हैं। अगर यह बात झूठी होगी तो अवश्य तसवीर भेज देगें। या कम से कम इतना तो कहेगे कि यह बात झूठी है। अब पूर्णा को भी कोई जवाब न सूझा। वह चुप हो गयी। प्रेमा कुछ न बोली। उसकी आँखो से आँसुओं की धारा बह निकली। भावज का चेहरा ननद की इस दशा पर खिल गया। वह अत्यंत हर्षित होकर अपने कमरे में आई, दर्पण में मुहँ देखा और आप ही आप मग्न होकर बोली-यह घाव अब कुछ दिनों में भरेगा।

3.

झूठे मददगार

बाबू अमृतराय रात भर करवटें बदलते रहे। ज्यों-ज्यों उन्होंने अपने नये इरादों और नई उमंगो पर विचार किया त्यों-त्यों उनका दिल और भी दृढ़ होता गया और भोर होते-होते देशभक्ति का जोश उनके दिल में लहरें मारने लगा। पहले कुछ देर तक प्रेमा से नाता टूट जाने की चिंता इस लहर पर बाँध का काम करती रही। मगर अंत में लहरे ऐसी उठीं कि वह बाँध टूट गया।

सुबह होते ही मुँह-हाथ धो, कपड़े पहिन और बाइसिकिल पर सवार होकर अपने दोस्तों की तरफ चले। पहले पहिल मिस्टर गुलजारीलाल बी.ए. एल.एल.बी. के यहाँ पहुँचे। यह वकील साहब बड़े उपकारी मनुष्य थे और सामाजिक सुधार का बड़ा पक्ष करते थे। उन्होंने जब अमृतराय के इरादे और उनके पूरे होने की कल्पनाए सुनी तो बहुत खुश हुए और बोले-आप मेरी ओर से निश्चिंत रहिए और मुझे अपना सच्चा हितैषी समझिए। मुझे बहुत हर्ष हुआ कि हमारे शहर में आप जैसे योग्य पुरुष ने इस भारी बोझ को अपने सर लिया। आप जो काम चाहे मुझे सौंप दीजिए, मैं उसको अवश्य पूरा करूँगा और उसमें अपनी बड़ाई समझूंगा।

अमृतराय वकील साहब की बातों पर लटू हो गये। उन्होंने सच्चे दिल से उनको धन्यवाद दिया और कहा कि मैं इस शहर में एक सामाजिक सुधार की सभा स्थापित करना चाहता हूँ। वकील साहब इस बात पर उछल पड़े और कहा कि आप मुझे उस सभा का सदस्य और हितचिन्तक समझें। मैं

उसकी मदद दिलोजान से करूँगा। अमृतराय इस अच्छे शगुन होते हुए दाननाथ के घर पहुँचे। हम पहले कह चुके हैं कि दाननाथ उनके सच्चे दोस्तों में थे। वे उनको देखते ही बड़े आदर से उठ खड़े हुए और पूछा–क्यों भाई, क्या इरादे हैं?

अमृतराय ने बहुत गम्भीरत से जवाब दिया–मैं अपने इरादे आप पर प्रकट कर चुका हूँ और आप जानते हैं कि मैं जो कुछ कहता हूँ वह कर दिखाता हूँ। बस आप के पास केवल इतना पूछने के लिए आया हूँ कि आप इस शुभ कार्य में मेरी कुछ मदद करेंगे या नहीं? दाननाथ सामजिक सुधार को पंसद तो करता था मगर उसके लिए हानी या बदनामी लेना नहीं चाहता था। फिर इस वक्त तो, वह लाला बदरी प्रसाद का कृपापात्र भी बनना चाहता था, इसलिए उसने जवाब दिया–अमृतराय तुम जानते हो कि मैं हर काम में तुम्हारा साथ देने को तैयार हूँ। रुपया, पैसा, समय, सभी से सहायता करुँगा, मगर छिपे–छिपे। अभी मैं इस सभा में खुल्लम–खुल्ला सम्मिलित होकर नुकसान उठाना उचित नहीं समझता। विशेष इस कारण से कि मेरे सम्मिलत होने से सभा को कोई बल नहीं पहुँचेगा।

बाबू अमृतराय ने अधिक वादानुवाद करना अनुचित समझा। इसमें सन्देह नहीं कि उनको दाननाथ से बहुत आशा थी। मगर इस समय वह यहाँ बहुत न ठहरे और सीधे आर. बी. शर्मा के स्थान पर पहुँचे। पंडित जी अपनी पदवी और विदया के लिए प्रसिद्ध थे। जब अमृतराय ने उनसे सभा संबंधी बातें की तो वह बहुत खुश हुए। उन्होंने अमृतराय को गले लगा लिया और बोले–मिस्टर अमृतराय, तुमने मुझे सस्ते छोड़ दिया। मैं खुद कई दिन से इन्हीं बातों के सोच–विचार में डूबा हुआ हूँ। आपने मेरे सर से बोझ उतार लिया। जैसी योग्यता इस काम के करने की आपमें है वह मुझमें नाम को भी नहीं। मैं इस सभा का मेम्बर हूँ।

बाबू अमृतराय को पंडित जी से इतनी आशा न थी। उन्होंने सोचा था कि अगर पंडित जी इस काम को पसंद करेंगे तो खुल्लमखुल्ला शरीक होते झिझकेंगे। मगर पंडित जी की बातों ने उनका दिल बहुत बढ़ा दिया। यहाँ से निकले तो वह अपनी ही आँखों में दो इंच ऊँचे मालूम होते थे। अपनी

अर्थसिद्धि के नशे में झूमते-झामते और मूंछों पर ताव देते एन.बी. अगरवाल साहब की सेवा में पहुँचे। मिस्टर अगरवाल अंग्रेजी और संस्कृत के पंडित थे। व्याख्यान देने में भी निपुण थे और शहर में सब उनका आदर करते थे। उन्होंने भी अमृतराय की सहायता करने का वादा किया और इस सभा का ज्वाइण्ट सेक्रटेरी होना स्वीकार किया। खुलासा यह कि नौ बजते-बजते अमृतराय सारे शहर के प्रसिद्ध और नई रोशनीवाले पुरुषों से मिल आये और ऐसा कोई न था जिसने उनके इरादे की प्रशंसा न की हो, या सहायता करने का वादा न किया हो। जलसे का समय चार बजे शाम को नियत किया गया।

दिन के दो बजे से अमृतराय के बँगले पर जलसे की तैयारियाँ होने लगीं। फर्श बिछाये गये। छत में झाड़-फानूस, हाँडियाँ लटकायी गयीं। मेज और कुर्सियाँ सजाकर धरी गयी और सभासदों के लिए खाने-पीने का भी प्रबंध किया गया। अमृतराय ने सभा के लिए एक नियमावली बनायी। एक व्याख्यान लिखा और इन कामों को पूरा करके मेम्बरों की राह देखने लगे। दो बज गये, तीन बज गये, मगर कोई न आया। आखिर चार भी बजे, मगर किसी की सवारी न आयी। हाँ, इंजीनियर साहब के पास से एक नौकर यह संदेश लेकर आया कि मैं इस समय नहीं आ सकता।

अब तो अमृतराय को चिंता होने लगी कि अगर कोई न आया तो मेरी बड़ी बदनामी होगी और सबसे लज्जित होना पड़ेगा निदान इसी तरह पाँच बज गए और किसी उत्साही पुरुष की सूरत न दिखाई दी। अब तो अमृतराय को विश्वास हो गया कि लोगों ने मुझे धोखा दिया। मुंशी गुलजारीलाल से उनको बहुत कुछ आशा थी। अपना आदमी उनके पास दौड़ाया। मगर उसने लौटकर बयान किया कि वह घर पर नहीं हैं, पोलो खेलने चले गये। इस समय तक छः बजे और जब अभी तक कोई आदमी न पधारा तो अमृतराय का मन बहुत मलिन हो गया। ये बेचारें अभी नौजवान आदमी थे और यद्यपि बात के धनी और धुन के पूरे थे मगर अभी तक झूठे देशभक्तों और बने हुए उद्योगियों का उनको अनुभव न हुआ था। उन्हें बहुत दुःख हुआ। मन मारे हुए चारपाई पर लेट गये और सोचने लगे की अब मैं कहीं मुँह दिखाने योग्य नहीं रहा मैं इन लोगों को ऐसा कुटिल और कपटी नहीं समझता था। अगर न आना था तो

मुझसे साफ-साफ कह दिया होता। अब कल तमाम शहर में यह बात फैल जाएगी कि अमृतराय रईसों के घर दौड़ते थे, मगर कोई उनके दरवाजे पर बात पूछने को भी न गया। जब ऐसे सहायक मिलेंगे तो मेरे किये क्या हो सकेगा। इन्हीं खयालों ने थोड़ी देर के लिए उनके उत्साह को भी ठंडा कर दिया।

मगर इसी समय उनको लाला धनुषधारीलाल की उत्साहवर्धक बातें याद आयीं। वही शब्द जिन्होंने लोगो के हौसले बढ़ाये थे, उनके कानों में गूंजने लगे-मित्रो, अगर जाति की उन्नति चाहते हो तो उस पर सर्वस्व अर्पण कर दो। इन शब्दों ने उनके बैठते हुए दिल पर अंकुश का काम किया। चौंक कर उठ बैठे, सिगार जला लिया और बाग की क्यारियों में टहले लगे। चाँदनी छिटकी हुई थी। हवा के झोंके धीरे-धीरे आ रहे थे। सुन्दर फूलों के पौधे मन्द-मन्द लहरा रहे थे। उनकी सुगन्ध चारों ओर फैली हुई थी। अमृतराय हरी-हरी दूब पर बैठ गये और सोचने लगे। मगर समय ऐसा सुहावना था और ऐसा अनन्ददायक सन्नाटा छाया हुआ था कि चंचल चित्त प्रेमा की ओर जा पहुँचा। जेब से तसवीर के पुर्जे निकाल लिये और चाँदनी रात में उसे बड़ी देर तक गौर से देखते रहे। मन कहता था-ओ अभागे अमृतराय तू क्योंकर जियेगा। जिसकी मूरत आठों पहर तेरे सामने रहती थी, जिसके साथ आनन्द भोगने के लिए तू इतने दिनों विराहागिन में जला, उसके बिना तेरी जान कैसी रहेगी? तू तो वैराग्य लिये है। क्या उसको भी वैरागिन बनायेगा? हत्यारे उसको तुझसे सच्चा प्रेम हैं। क्या तू देखता नहीं कि उसके पत्र प्रेम में डूबे हुए रहते हैं। अमृतराय अब भी भला है। अभी कुछ नहीं बिगड़ा। इन बातों को छोड़ो। अपने ऊपर तरस खाओ। अपने अरमानों को मिट्टी में न मिलाओ। संसार में तुम्हारे जैसे बहुत-से उत्साही पुरुष पड़े हुए हैं। तुम्हारा होना न होना दोनों बराबर है। लाला बदरीप्रसाद मुँह खोले बैठे हैं। शादी कर लो और प्रेमा के साथ प्रेम करो। (बेचैन होकर) हाँ, मैं भी कैसा पागल हूँ, भला इस तस्वीर ने मेरा क्या बिगाड़ा था, जो मैंने इसे फाड़ा डाला। हे ईश्वर, प्रेमा अभी यह बात न जानती हो।

अभी इसी उधेड़बुन में पड़े हुए थे कि खिदमतगाह ने हाथों में एक खत लाकर दिया। घबराकर पूछा-किसका खत है? नौकर ने जवाब दिया-लाला बदरीप्रसाद का आदमी लाया है।

अमृतराय ने काँपते हुए हाथों से पत्री ली और पढ़ने लगे। उसमें लिखा था–

"बाबू अमृतराय, आशीर्वाद !

हमने सुना है कि अब आप सनातन धर्म को त्याग करके ईसाइयों की उस मंडली में जा मिले हैं जिसको लोग भूल से सामाजिक सुधार सभा कहते हैं। इसलिए अब हम अति शोक के साथ कहते हैं कि हम आपसे कोई नाता नहीं कर सकते।

आपका शुभचिंतक

बदरीप्रसाद।"

इस चिट्ठी को अमृतराय ने कई बार पढ़ा और उनके दिल में अब खींचातानी होने लगी। आत्मस्वार्थ कहता था कि इस सुन्दरी को अवश्य ब्याहो और जीवन के सुख उठाओ। देशभक्ति कहती थी जो इरादा किया है उस पर अड़े रहो। अपना स्वार्थ तो सभी चाहते हैं। तुम दूसरों का स्वार्थ करो। इस अनित्य जीवन को व्यतीत करने का इससे अच्छा कोई ढंग नहीं है। कोई पन्द्रह मिनट तक यह लड़ाई होती रही। इसका निर्णय केवल दो अक्षर लिखने पर था। देशभक्त ने आत्मस्वार्थ को परास्त कर दिया था। आखिर वहाँ से उठकर कमरे में गये और कई पत्र कागज खराब करने के बाद यह पत्र लिखा

"महाशय, प्रणाम। कृपा पत्र आया। पढ़कर बहुत दुःख हुआ। आपने मेरी बहुत दिनों की बँधी हुई आशा तोड़ दी। खैर जैसा आप उचित समझे वैसा करें। मैंने जब से होश सँभाला तब से मैं बराबर सामाजिक सुधार का पक्ष करता हूँ। मुझे विश्वास है कि हमारे देश की उन्नति का इसके सिवाय और कोई उपाय नहीं है। आप जिसको सनातन धर्म समझे हुए बैठे हैं, वह अविद्या और असभ्यता का प्रत्यक्ष स्वरुप है।

आपका कृपाकांक्षी

अमृतराय।

4.
जवानी की मौत

समय हवा की तरह उड़ता चला जाता है। एक महीना गुजर गया। जाड़े का कूच हुआ और गर्मी की लैनडोरी होली आ पहुँची। इस बीच में अमृतराय ने दो-तीन जलसे किये और यद्यपि सभासद दस से ज्यादा कभी न हुए मगर उन्होंने हियाव न छोड़ा। उन्होंने प्रतिज्ञा कर ली थी कि चाहे कोई आवे या न आवे, मगर नियत समय पर जलसा जरुर किया करुँगा। इसके उपरान्त उन्होंने देहातों में जा-जाकर सरल-सरल भाषाओं में व्याख्यान देना शुरु किया और समाचार पत्रों में सामाजिक सुधार पर अच्छे-अच्छे लेख भी लिखे। इनको तो इसके सिवाय कोई काम न था। उधर बेचारी प्रेमा का हाल बहुत बेहाल हो रहा था। जिस दिन उसे-उनकी आखिरी चिट्ठी पहुँची थी, उसी दिन से उसकी रोगियों की-सी दशा हो रही थी। हर घड़ी रोने से काम था। बेचारी पूर्णा सिरहाने बैठे समझाया करती। मगर प्रेमा को जरा भी चैन न आता। वह बहुधा पड़े-पड़े अमृतराय की तस्वीर को घण्टों चुपचाप देखा करती। कभी-कभी जब बहुत व्याकुल हो जाती तो उसके जी मे आता कि मैं भी उनकी तस्वीर की वही गत करूँ जो उन्होंने मेरी तस्वीर की की है। मगर फिर तुरन्त यह ख्याल पलट खा जाता। वह उस तसवीर को आँखों से लगा लेती, उसको चूमती और उसे छाती से चिपका लेती। रात में अकेले चारपाई पर पड़े-पड़े आप ही आप प्रेम और मुहब्ब्त की बातें किया करती। अमृतराय के कुल प्रेम-पत्रों को उसने रंगीन कागज पर, मोटे अक्षरों, में नकल कर लिया था।

जब जी बहुत बेचैन होता तो पूर्णा से उन्हें पढ़वाकर सुनती और रोती। भावज के पास तो वह पहले भी बहुत कम बैठती थी, मगर अब माँ से भी कुछ खिंची रहती। क्योंकि वह बेटी की दशा देख-देख कुढ़तीं और अमृतराय को इसका कारण समझकर कोसतीं। प्रेमा से यह कठोर वचन न सुने जाते। वह खुद अमृतराय का जिक्र बहुत कम करती। हाँ, जब पूर्णा या कोई और दूसरी सहेली उनकी बात चलाती तो उसको खूब कान लगाकर सुनती। प्रेमा एक ही मास में गलकर कॉटा हो गयी। हाय! अब उसको अपने जीवन की कोई आशा न थी। घर के लोग उसकी दवा-दारू में रुपया ठीकरी की तरह फूँक रहे थे, मगर उसको कुछ फायदा न होता। कई बार लाला बदरीप्रसाद जी के जी में यह बात आई कि इसे अमृतराय ही से ब्याह दूं। मगर फिर भाई-बहन के डर से हियाव न पड़ता। प्रेमा के साथ बेचारी पूर्णा भी रोगिणी बनी हुई थी।

आखिर होली का दिन आया। शहर में चारों ओर अबीर और गुलाल उड़ने लगा, चारों तरफ से अबीर और बिरादरीवालों के यहाँ से जनानी सवारियाँ आना शुरु हुईं और उसे उनकी खातिर से बनाव-सिंगार करना, अच्छे-अच्छे कपड़ा पहनना, उनका आदर-सम्मान करना और उनके साथ होली खेलना पड़ा। वह हँसने, बोलने और मन को दूसरी बातों में लगाने के लिए बहुत कोशिश करती रही।

मगर कुछ बस न चला। रोज अकेले में बैठकर रोया करती थी, जिससे कुछ तसकीन हो जाती। मगर आज शर्म के मारे रो भी न सकती थी। और दिन पूर्णा दस बजे से शाम तक बैठी अपनी बातों से उसका दिल बहलाया करती थी मगर आज वह भी सवेरे ही एक झलक दिखाकर अपने घर पर त्योहार मना रही थी। हाय! पूर्णा को देखते ही वह उससे मिलने के लिए ऐसी झपटी जैसे कोई चिड़िया बहुत दिनों के बाद अपने पिंजरे से निकल कर भागे। दोनो सखियाँ गले मिल गयीं। पूर्णा ने कोई चीज माँगी-शायद कुमकुमे होंगे। प्रेमा ने सन्दूक मँगाया। मगर इस सन्दूक को देखते ही उसकी आँखों में आँसू भर आये। क्योंकि यह अमृतराय ने पर साल होली के दिन उसके पास भेजा था। थोड़ी देर में पूर्णा अपने घर चली गयी मगर प्रेमा घंटों तक उस सन्दूक को देख-देख रोया की।

पूर्णा का मकान पड़ोस ही में था। उसके पति पण्डित बसंतकुमार बहुत सीधे, मगर शौकीन और प्रेमी आदमी थे। वे हर बात स्त्री की इच्छानुसार करते। उन्होंने उसे थोड़ा-बहुत पढ़ाया भी था। अभी ब्याह हुए दो वर्ष भी न होने पाये थे, प्रेम की उमंगे दोनों ही दिलों में उमड़ी हुई थीं, और ज्यों-ज्यों दिन बीतते थे, त्यों-त्यों उनकी मुहब्बत और भी गहरी होती जाती थी। पूर्णा हरदम पति की सेवा में प्रसन्न रहती, जब वह दस बजे दिन को दफ्तर जाने लगते तो वह उनके साथ-साथ दरवाजे तक आती और जब तक पण्डित जी दिखायी देते, वह दरवाजे पर खड़ी उनको देखा करती। शाम को जब उनके आने का समय होता तो वह फिर दरवाजे पर आकर राह देखने लगती। और ज्योंही वे आ जाते उनकी छाती से लिपट जाती। और अपनी भोली-भाली बातों से उनकी दिन भर की थकन धो देती। पंडित जी की तनख्वाह तीस रुपये से अधिक न थी। मगर पूर्णा ऐसी किफायत से काम चलाती कि हर महीने में उसके पास कुछ न कुछ बच रहता था। पंडित जी बेचारे, केवल इसलिए कि बीवी को अच्छे से अच्छे गहने और कपड़े पहनावें, घर पर भी काम किया करते। जब कभी वह पूर्णा को कोई नयी चीज बनवाकर देते वह फूली न समाती। मगर लालची न थी। खुद कभी किसी चीज के लिए मुंह न खोलती। सच तो यह है कि सच्चे प्रेम के आन्नद ने उसके दिल में पहनने-ओढ़ने की लालसा बाकी न रक्खी थी।

आखिर आज होली का दिन आ गया। आज के दिन का क्या पूछना जिसने साल भर चीथड़ों पर काटा, वह भी आज कहीं न कहीं से उधार ढूँढकर लाता है और खुशी मनाता है। आज लोग लँगोटी में फाग खेलते हैं। आज के दिन रंज करना पाप है। पंडित जी की शादी के बाद यह दूसरी होली पड़ी थी। पहली होली में बेचारे खाली हाथ थे। बीवी की कुछ खातिर न कर सके थे। मगर अब की उन्होंने बड़ी-बड़ी तैयारियाँ की थीं। कोई डेढ़ सौ, रुपया ऊपर से कमाया था, उसमें बीवी के वास्ते एक सुन्दर कंगन बनवाया था, कई उत्तम साड़ियाँ मोल लाये थे और दोस्तों को नेवता भी दे रक्खा था। इसके लिए भाँति-भाँति के मुरब्बे, अचार, मिठाइयाँ मोल लाये थे और गाने-बजाने के समान भी इकट्ठे कर रक्खे थे। पूर्णा आज बनाव-चुनाव किये

इधर-उधर छबि दिखाती फिरती थी। उसका मुखड़ा कुन्दन की तरह दमक रहा था, उसे आज अपने से सुन्दर संसार में कोई दूसरी औरत न दिखायी देती थी। वह बार-बार पति की ओर प्यार की निगाहों से देखती। पण्डित जी भी उसके श्रृंगार और फबन पर आज ऐसे रीझे हुए थे कि बेर-बेर घर में आते और उसको गले लगाते। कोई दस बजे होंगे कि पण्डित जी घर में आये और मुस्करा कर पूर्णा से बोले-प्यारी, आज तो जी चाहता है तुमको आँखों में बैठा लें। पूर्णा ने धीरे से एक ठोका देकर और रसीली निगाहों से देखकर कहा-वह देखो, मैं तो वहाँ पहले ही से बैठी हूँ। इस छबि ने पण्डित जी को लुभा लिया। वह झट बीवी को गले से लगाकर प्यार करने लगे। इन्हीं बातों में दस बजे तो पूर्णा ने कहा-दिन बहुत आ गया है, जरा बैठ जाव ता उबटन मल दूँ। देर हो जायगी तो खाने में अबेर-सबेर होने से सर दर्द होने लगेगा।

पण्डित जी ने कहा-नहीं-नहीं। मैं उबटन नहीं मलवाऊँगा। लाओ धोती दो, नहा आऊँ।

पूर्णा-वाह! उबटन मलवावेंगे। आज की तो यह रीति ही है। आके बैठ जाव।

पण्डित-नहीं, प्यारी, इसी वक्त जी नहीं चाहता, गर्मी बहुत है।

पूर्णा ने लपककर पति का हाथ पकड़ लिया और चारपाई पर बैठकर उबटन मलने लगी।

पण्डित-मगर जरा जल्दी करना, आज मैं गंगा जी नहाने जाना चाहता हूँ।

पूर्णा-अब दोपहर को कहाँ जाओगे। महरी पानी लाएगी, यहीं पर नहा लो।

पण्डित-नहीं प्यारी, आज गंगा में बड़ी बहार रहेगी।

पूर्णा-अच्छा तो जरा जल्दी लौट आना। यह नहीं कि इधर-उधर तैरने लगो।

नहाते वक्त तुम बहुत तुम बहुत दूर तक तैर जाया करते हो।

थोड़ी देर मे पण्डित जी उबटन मलवा चुके और एक रेशमी धोती, साबुन, तौलिया और एक कमंडल हाथ में लेकर नहाने चले। उनका कायदा

था कि घाट से जरा अलग नहा करते यह तैराक भी बहुत अच्छे थे। कई बार शहर के अच्छे तैराकों से बाजी मार चुके थे। यद्यपि आज घर से वादा करके चले थे कि न तैरेंगे मगर हवा ऐसी धीमी-धीमी चल रही थी और पानी ऐसा निर्मल था कि उसमें मद्धिम-मद्धिम हलकोरे ऐसे भले मालूम होते थे और दिल ऐसी उमंगों पर था कि जी तैरने पर ललचाया। तुरंत पानी में कूद पड़े और इधर-उधर कल्लोलें करने लगे। निदान उनको बीच धारे में कोई लाल चीज बहती दिखायी दी। गौर से देखा तो कमल के फूल मालूम हुए। सूर्य की किरणों से चमकते हुए वह ऐसे सुन्दर मालम होते थे कि बसंतकुमार का जी उन पर मचल पड़ा। सोचा अगर ये मिल जायें तो प्यारी पूर्णा के कानों के लिए झुमके बनाऊँ। वे मोटे-ताजे आदमी थे। बीच धारे तक तैर जाना उनके लिए कोई बड़ी बात न थी। उनको पूरा विश्वास था कि मैं फूल ला सकता हूँ। जवानी दीवानी होती है। यह न सोचा था कि ज्यों-ज्यों मैं आगे बढ़ूँगा त्यों-त्यों फूल भी बढ़ेंगे। उनकी तरफ चले और कोई पन्द्रह मिनट में बीच धारे में पहुँच गये। मगर वहाँ जाकर देखा तो फूल इतना ही दूर और आगे था। अब कुछ-कुछ थकान मालूम होने लगी थी। मगर बीच में कोई रेत ऐसा न था जिस पर बैठकर दम लेते। आगे बढ़ते ही गये। कभी हाथों से ज़ोर मारते, कभी पैरों से ज़ोर लगाते, फूलों तक पहुँचे। मगर उस वक्त तक हाथ-पॉव दोनों बोझल हो गये थे। यहाँ तक कि फूलों को लेने के लिए जब हाथ लपकाना चाहा तो उठ न सका। आखिर उनको दाँतों मे दबाया और लौटे। मगर जब वहाँ से उन्होंने किनारों की तरफ देखा तो ऐसा मालूम हुआ मानों हजार कोस की मंजिल है। बदन में जरा भी शक्ति बाकी न रही थी और पानी भी किनारे से धारे की तरफ बह रहा था। उनका हियाव छूट गया। हाथ उठाया तो वह न उठे। मानो वह अंग में थे ही नहीं। हाय! उस वक्त बसंतकुमार के चेहरे पर जो निराशा और बेबसी छायी हई थी, उसके खयाल करने ही से छाती फटती है। उनको मालूम हुआ कि मैं डूबा जा रहा हूँ। उस वक्त प्यारी पूर्णा की सुधि आयी कि वह मेरी बाट देख रही होगी। उसकी प्यारी-प्यारी मोहनी सूरत आँखों के सामने खड़ी हो गयी। एक बार और हाथ फेंका मगर कुछ बस न चला। आँखों से आँसू बहने लगे और देखते-देखते वह लहरों में लोप हो गये।

गंगा माता ने सदा के लिए उनको अपनी गोद में ले लिया। काल ने फूल के भेस में आकर अपना काम किया।

उधर का हाल सुनिये। पंडित जी के चले आने के बाद पूर्णा ने थालियाँ परसीं। एक बर्तन में गुलाल घोली, उसमें मिलाया। पंडित जी के लिए सन्दूक से नये कपड़े निकाले। उनकी आस्तीनों में चुन्नटें डाली। टोपी सादी थी, उसमें सितारें टाँके। आज माथे पर केसर का टीका लगाना शुभ समझा जाता है। उसने अपने कोमल हाथों से केसर और चन्दन रगड़ा, पान लगाये, मेवे सरौंते से कतर-कतर कटोरे में रक्खे। रात ही को प्रेमा के बगीचे से सुन्दर कलियाँ लेती आयी थी और उनको तर कपड़े में लपेट कर रख दिया था। इस समय वह खूब खिल गयी थीं। उनको तागे में गूंथकर सुन्दर हार बनाया और यह सब प्रबन्ध करके अपने प्यारे पति की राह देखने लगी। अब पंडित जी को नहाकर आ जाना चाहिए था। मगर नहीं, अभी कुछ देर नहीं हुई। आते ही होगें, यही सोचकर पूर्णा ने दस मिनट और उनका रास्ता देखा। अब कुछ-कुछ चिंता होने लगी। क्या करने लगे? धूप कड़ी हो रही है। लौटने पर नहाया-बेनहाया एक हो जाएगा। कदाचित यार दोस्तों से बातें करने लगे। नहीं-नहीं मैं उनको खूब जानती हूँ। नदी नहाने जाते हैं तो तैरने की सूझती है। आज भी तैर रहे होंगे। यह सोचकर उसने आधा घंटे और राह देखी। मगर जब वह अब भी न आये तब तो वह बैचैन होने लगी। महरी से कहा-बिल्लो जरा लपक तो जाव, देखो क्या करने लगे। बिल्लो बहुत अच्छे स्वभाव की बुढ़िया थी। इसी घर की चाकरी करते-करते उसके बाल पक गये थे। यह इन दोनों प्राणियों को अपने लड़कों के समान समझती थी। वह तुरंत लपकी हुई गंगा जी की तरफ चली। वहाँ जाकर क्या देखती है कि किनारे पर दो-तीन मल्लाह जमा हैं। पंडित जी की धोती, तौलिया, साबुन कमंडल सब किनारे पर धरे हुए हैं। यह देखते ही उसके पैर मन-मन भर के हो गए। दिल धड़-धड़ करने लगा और कलेजा मुँह को आने लगा। या नारायण! यह क्या गजब हो गया। बदहवास घबरायी हई नजदीक पहुँची तो एक मल्लाह ने कहा-काहे बिल्लो, तुम्हारे पंडित नहाय आवा रहेन।

बिल्लो क्या जवाब देती उसका गला रुंध गया, आँखों से आँसू बहने लगे, सर पीटने लगी। मल्लाहों ने समझाया कि अब रोये-पीटे का होत है।

उनकी चीज वस्तु लेव और घर का जाव। बेचारे बड़े भले मनई रहेन। बिल्लो ने पंडित जी की चीजें ली और रोते-पीटती घर की तरफ चली। ज्यों-ज्यों वह मकान के निकट आती, त्यों-त्यों उसके कदम पिछे को हटे आते थे। हाय नारायण पूर्णा को यह समाचार कैसे सुनाऊँगी वह बिचारी सोलहो सिंगार किये पति की राह देख रही है। यह खबर सुनकर उसकी क्या गत होगी। इस धक्के से उसकी तो छाती फट जायगी। इन्हीं विचारों में डूबी हुई बिल्लो ने रोते हुए घर में कदम रक्खा। तमाम चीजें जमीन पर पटक दीं और छाती पर दोहत्थड़ मार हाय-हाय करने लगी। बेचारी पूर्णा इस वक्त आईना देख रही थी। वह इस समय ऐसी मगन थी और उसका दिल उमंगों और अरमानों से ऐसा भरा हुआ था कि पहले उसको बिल्लो के रोने-पीटने का कारण समझ में न आया। वह हकबका कर ताकने लगी कि यकायक सब माजरा उसकी समझ में आ गया। दिल पर एक बिजली कौंध गयी। कलेजा सन्न से हो गया। उसको मालूम हो गया कि मेरा सुहाग उठ गया। जिसने मेरी बाँह पकड़ी थी उससे सदा के लिए बिछड़ गयी। उसके मुँह से केवल इतना निकला-'हाय नारायण' और वह पछाड़ खाकर धम से जमीन पर गिर पड़ी। बिल्लो ने उसको सँभाला और पंखा झलने लगी। थोड़ी देर में पास-पड़ोस की सैंकड़ों औरते जमा हो गयीं। बाहर भी बहुत आदमी एकत्र हो गये। राय हुई कि जाल डलवाया जाय। बाबू कमलाप्रसाद भी आये थे। उन्होंने पुलिस को खबर की। प्रेमा को ज्योंही इस आपत्ति की खबर मिली, उसके पैर तले से मिट्टी निकल गयी। चटपट चादर ओढकर घबरायी हुई कोठे से उतरी और गिरती-पड़ती पूर्णा की घर की तरफ चली। माँ ने बहुत रोका मगर कौन सुनता है। जिस वक्त वह वहाँ पहुँची, चारों ओर रोना-धोना हो रहा था। घर में ऐसा न था जिसकी आँखों से आँसू की धारा न बह रही हो। अभगिनी पूर्णा का विलाप सुन-सुनकर लोगों के कलेजे मुँह को आये जाते थे। हाय पूर्णा पर जो पहाड़ टूट पड़ा वह सातवें बैरी पर भी न टूटे। अभी एक घंटा पहले वह अपने को संसार की सबसे भाग्यवान औरतों में समझती थी। मगर देखते ही देखते क्या का क्या हो गया। अब उसका-सा अभागा कौन होगा। बेचारी समझाने-बुझाने से जरा चुप हो जाती, मगर ज्योंही पति की किसी बात की सुधि आती त्यों ही फिर दिल उमड़ आता

और नयनों से नीर की झड़ी लग जाती, चित्त व्याकुल हो जाता और रोम-रोम से पसीना बहने लगता। हाय! क्या एक-दो बात याद करने की थी। उसने दो वर्ष तक अपने प्रेम का आन्नद लूटा था। उसकी एक-एक बात, उसका हँसना, उसका प्यार की निगाहों से देखना उसको याद आता था। आज उसने चलते-चलते कहा था-प्यारी पूर्णा, जी चाहता हैं, तुझे आँखों में बिठा लूँ। अफसोस है अब कौन प्यार करेगा? अब किसकी पुतलियों में बैठगी? कौन कलेजे में बैठायेगा? उस रेशमी धोती और तौलिया पर दृष्टि पड़ी तो ज़ोर से चीख उठी और दोनों हाथों से छाती पीटने लगी। निदान प्रेमा को देखा तो झपट कर उठी और उसके गले से लिपट कर ऐसी फूट-फूट कर रोयी कि भीतर तो भीतर बाहर मुंशी बदरीप्रसाद, बाबू कमलाप्रसाद और दूसरे लोग आँखों से रुमाल दिये बेअख्तियार रो रहे थे। बेचारी प्रेमा के लिए महीनों से खाना-पीना दुर्लभ हो रहा था। विराहनल में जलते-जलते वह ऐसी दुर्बल हो गयी थी कि उसके मुँह से रोने की आवाज तक न निकलती थी। हिचकियाँ बँधी हुई थीं और आँखों से मोती के दाने टपक रहे थे। पहले वह समझती थी कि सारे संसार में मैं ही एक अभागिन हूँ। मगर इस समय वह अपना दुःख भूल गयी। और बड़ी मुश्किल से दिल को थाम कर बोली-प्यारी सखी, यह क्या गजब हो गया? प्यारी सखी इसके जवाब में अपना माथा ठोंका और आसमान की ओर देखा। मगर मुँह से कुछ न बोल सकी।

इस दुखियारी अबला का दुःख बहुत ही करुणायोग्य था। उसकी जिन्दगी का बेड़ा लगानेवाला कोई न था उसके मैके में सिर्फ एक बूढ़े बाप से नाता था और वह बेचारा भी आजकल का मेहमान हो रहा था। ससुराल में जिसने अपनापा था वह परलोक सिधारा, न सास न ससुर, न अपने न पराये। कोई चुल्लू भर पानी देने वाला दिखाई न देता था। घर में इतनी जथा-जुगती भी न थी कि साल-दो साल के गुजारे भर को हो जाती। बेचारे पंडित जी को अभी-नौकरी ही करते कितने दिन हुए थे कि रुपया जमा कर लेते। जो कमाया वह खाया। पूर्णा को वह अभी वह बातें नहीं सूझी थी। अभी उसको सोचने का अवकाश ही न मिला था। हाँ, बाहर मरदाने में लोग आपस में इस विषय पर बातचीत कर रहे थे।

दो–ढाई घण्टे तक उस मकान में स्त्रियों का ठट्टा लगा रहा। मगर शाम होते–होते सब अपने घरों को सिधारीं। त्योहार का दिन था। ज्यादा कैसे ठहरतीं। प्रेमा को कुछ देर से मूर्च्छा पर मूर्च्छा आने लगी थी। लोग उसे पालकी पर उठाकर वहाँ से ले गये और दिया में बत्ती पड़ते–पड़ते उस घर में सिवाय पूर्णा और बिल्लो के और कोई न था। हाय यही वक्त था कि पंडित जी दफ्तर से आया करते। पूर्णा उस वक्त द्वारे पर खड़ी उनकी राह देखा करती और ज्योंही वह ड्योढ़ी में कदम रखते, वह लपक कर उनके हाथों से छतरी ले लेती और उनके हाथ–मुँह धोने और जलपान की सामग्री इकट्ठी करती। जब तक वह मिष्टान्न इत्यादि खाते, वह पान के बीड़े लगा रखती। वह प्रेम रस का भूखा, दिन भर का थका–माँदा, स्त्री की इन खातिरदारियों से गद्‌गद् हो जाता। कहाँ वह प्रीति बढ़ानेवाले व्यवहार और कहाँ आज का सन्नाटा? सारा घर भाँय–भाँय कर रहा था। दीवारें काटने को दौड़ती थीं। ऐसा मालूम होता कि इसके बसनेवाले उजड़ गये। बेचारी पूर्णा आँगन में बैठी हुई। उसके कलेजे में अब रोने का दम नहीं है और न आँखों से आँसू बहते हैं। हाँ, कोई दिल में बैठा खून चूस रहा है। वह शोक से मतवाली हो गयी है। नहीं मालूम इस वक्त वह क्या सोच रही है। शायद अपने सिधारनेवाले पिया से प्रेम की बातें कर रही है या उससे कर जोड़ के बिनती कर रही है कि मुझे भी अपने पास बुला लो। हमको उस शोकातुरा का हाल लिखते ग्लानि होती है। हाय, वह उस समय पहचानी नहीं जाती। उसका चेहरा पीला पड़ गया है। होठों पर पपड़ी छायी हुई हैं, आँखें सूज आयी हैं, सिर के बाल खुलकर माथे पर बिखर गये हैं, रेशमी साड़ी फटकर तार–तार हो गयी है, बदन पर गहने का नाम भी नहीं है, चूड़िया टूटकर चकनाचूर हो गयी हैं, लम्बी–लम्बी साँसें आ रही हैं। वह चिन्ता उदासी और शोक का प्रत्यक्ष स्वरुप मालूम होती है। इस वक्त कोई ऐसा नहीं है जो उसको तसल्ली दे। यह सब कुछ हो गया मगर पूर्णा का आस अभी तक कुछ–कुछ बँधी हुई है। उसके कान दरवाजे की तरफ लगे हुए हुए हैं कि कहीं कोई उनके जीवित निकल आने की खबर लाता हो। सच है वियोगियों की आस टूट जाने पर भी बँधी रहती है।

शाम होते–होते इस शोकदायक घटना की खबर सारे शहर में गूंज उठी। जो सुनता, सिर धुनता। बाबू अमृतराय हवा खाकर वापस आ रहे थे कि रास्ते

में पुलिस के आदमियों को एक लाश के साथ जाते देखा। बहुत-से आदमियों की भीड़ लगी हुई थी। पहले तो वह समझे कि कोई खून का मुकदमा होगा। मगर जब दरियाफ्त किया तो सब हाल मालूम हो गया। पण्डित जी की अचानक मृत्यु पर उनको बहुत रंज हुआ। वह बसंतकुमार को भली भाँति जानते थे। उन्हीं की सिफारिश से पंडित जी को दफ्तर में वह जगह मिली थी। बाबू साहब लाश के साथ-साथ थाने पर पहुँचे। डाक्टर पहले से ही आया हुआ था। जब उसकी जाँच के निमित्त लाश खोली गयी तो जितने लोग खड़े थे सबके रोंगटे खड़े हो गये और कई आदमियों की आँखों से आँसू निकल आये। लाश फूल गयी थी। मगर मुखड़ा ज्यों का त्यों था और कमल के सुन्दर फूल होंठों के बीच दाँतों तले दबे हुए थे। हाय, यह वही फूल थे जिन्होंने काल बनकर उसको डसा था। जब लाश की जाँच हो चुकी तब अमृतराय ने डाक्टर साहब से लाश के जलाने की आज्ञा माँगी जो उनको सहज ही में मिल गयी। इसके बाद वह अपने मकान पर आये। कपड़े बदले और बाईसिकिल पर सवार होकर पूर्णा के मकान पर पहुँचे। देखा तो चौतरफा सन्नाटा छाया हुआ है। हर तरफ से सियापा बरस रहा है। यही समय पंडित जी के दफ्तर से आने का था। पूर्णा रोज इसी वक्त उनके जूते की आवाजें सुनने की आदी हो रही थी। इस वक्त ज्योंही उसने पैरों की चाप सुनी वह बिजली की तरह दरवाजे की तरफ दौड़ी। मगर ज्योंही दरवाजे पर आयी और अपने पति की जगह पर बाबू अमृतराय को खड़े पाया तो ठिठक गयी। शर्म से सर झुका लिया और निराश होकर उलटे पाँव वापस हुई। मुसीबत के समय पर किसी दुःख पूछने वालों की सूरत आँखों के लिए बहाना हो जाती है। बाबू अमृतराय एक महीने में दो-तीन बार अवश्य आया करते थे और पंडित जी पर बहुत विश्वास रखते थे। इस वक्त उनके आने से पूर्णा के दिल पर एक ताजा सदमा पहुँचा। दिल फिर उमड़ आया और ऐसा फूट-फूट कर रोयी कि बाबू अमृतराय, जो मोम की तरह नर्म दिल रखते थे, बड़ी देर तक चुपचाप खड़े बिसुरा किये। जब जरा जी ठिकाने हुआ तो उन्होंने महरी को बुलाकर बहुत कुछ दिलासा दिया और देहलीज में खड़े होकर पूर्णा को भी समझाया और उसको हर तरह की मदद देने का वादा करके, चिराग जलते-जलते अपने घर की तरफ रवाना हुए। उसी

वक्त प्रेमा अपनी महताबी पर हवा खाने निकली थी। उसकी आँखें पूर्णा के दरवाजे की तरफ लगी हुई थीं। निदान उसने किसी को बाइसिकिल पर सवार उधर से निकलते देखा। गौर से देखा तो पहिचान गई और चौंककर बोली–अरे, यह तो अमृतराय हैं।

5.

अँय ! यह गजरा क्या हो गया?

पंडित बंसतकुमार का दुनिया से उठ जाना केवल पूर्णा ही के लिए जानलेवा न था, प्रेमा की हालत भी उसी की-सी थी। पहले वह अपने भाग्य पर रोया करती थी। अब विधाता ने उसकी प्यारी सखी पूर्णा पर विपत्ति डालकर उसे और भी शोकातुर बना दिया था। अब उसका दु:ख हटानेवाला, उसका गम गलत करनेवाला कोई न था। वह आजकल रात-दिन मुँह लपेटे चारपाई पर पड़ी रहती। न वह किसी से हँसती न बोलती। कई-कई दिन बिना दाना-पानी के बीत जाते। बनाव-सिंगार उसको जरा भी न भाता। सर के बाल दो-दो हफ्ते न गूंथे जाते। सुर्मादानी अलग पड़ी रोया करती। कँघी अलग हाय-हाय करती। गहने बिल्कुल उतार फेंके थे। सुबह से शाम तक अपने कमरे में पड़ी रहती। कभी जमीन पर करवटें बदलती, कभी इधर-उधर बौखलायी हुई घूमती, बहुधा बाबू अमृतराय की तस्वीर को देखा करती। और जब उनके प्रेमपत्र याद आते तो रोती। उसे अनुभव होता था कि अब मैं थोड़े दिनों की मेहमान हूँ।

पहले दो महीने तक तो पूर्णा को ब्राह्मणों के खिलाने-पिलाने और पति के मृतक-संस्कार से साँस लेने का अवकाश न मिला कि प्रेमा के घर जाती। इसके बाद भी दो-तीन महीने तक वह घर से बाहर न निकली। उसका जी ऐसा बुझ गया था कि कोई काम अच्छा न लगता। हाँ, प्रेमा माँ के मना करने पर भी दो-तीन बार उसके घर गयी थी। मगर वहाँ जाकर आप रोती और पूर्णा

को भी रुलाती। इसलिए अब उधर जाना छोड़ दिया था। किन्तु एक बात वह नित्य करती। वह सन्ध्या समय महताबी पर जाकर जरुर बैठती। इसलिए नहीं कि उसको समय सुहाना मालूम होता या हवा खाने को जी चाहता था, नहीं प्रत्युत केवल इसलिए कि वह कभी- कभी बाबू अमृतराय को उधर से आते जाते देखती। हाय! जिस वक्त वह उनको देखती उसका कलेजा बाँसों उछालने लगता। जी चाहता कि कूद पडूं और उनके कदमों पर अपनी जान निछावर कर दूँ। जब तक वह दिखायी देते टकटकी बाँधे उनको देखा करती। जब वह आँखों से ओझल हो जाते तब उसके कलेजे में एक हूक उठती, आपे की कुछ सुधि न रहती। इसी तरह कई महीने बीत गये।

एक दिन वह सदा की भाँति अपने कमरे में लेटी हुई करवट बदल रही थी कि पूर्णा आयी। इस समय उसको देखकर ऐसा ज्ञात होता था कि वह किसी प्रबल रोग से उठी है। चेहरा पीला पड़ गया था, जैसे कोई फूल मुरझा गया हो। उसके कपोल जो कभी गुलाब की तरह खिले हुए थे अब कुम्हला गये थे। वे मृगी की सी आँखें जिनमें किसी समय समय जवानी का मतवालापन और प्रेमी का रस भरा हुआ था अन्दर घुसी हुई थीं, सिर के बाल कंधों पर इधर-उधर बिखरे हुए थे, गहने-पाते का नाम न था। केवल एक नैन सुख की साड़ी बदन पर पड़ी हुई थी। उसको देखते ही प्रेमा दौड़कर उसके गले से चिपट गयी और लाकर अपनी चारपाई पर बिठा दिया।

कई मिनट तक दोनों सखियाँ एक-दूसरे के मुँह को ताकती रहीं। दोनों के दिल में ख्यालों का दरिया उमड़ा हुआ था। मगर जबान किसी की न खुलती थी।

आखिर पूर्णा ने कहा-आजकल जी अच्छा नहीं है क्या? गलकर काँटा गयी हो।

प्रेमा ने मुसकराने की चेष्टा करके कहा-नहीं सखी, मैं बहुत अच्छी तरह हूँ। तुम तो कुशल से रहीं?

पूर्णा की आँखों में आँसू डबडबा आये। बोली-मेरा कुशल-आनन्द क्या पूछती हो, सखी आनन्द तो मेरे लिए सपना हो गया। पांच महीने से अधिक हो गये मगर अब तक मेरी आँखें नहीं झपकीं। जान पड़ता है कि नींद आँसू होकर बह गयी।

प्रेमा–ईश्वर जानता है सखी, मेरा भी तो यही हाल है। हमारी–तुम्हारी एक ही गत है। अगर तुम ब्याही विधवा हो तो मैं कुँवारी विधवा हूँ। सच कहती हूँ सखी, मैने ठान लिया है कि अब परमार्थ के कामों में ही जीवन व्यतीत करूँगी।

पूर्णा–कैसी बातें करती हो, प्यारी मेरा और तुम्हारा क्या जोड़? जितना सुख भोगना मेरे भाग में बदा था भोग चुकी। मगर तुम अपने को क्यों घुलाये डालती हो? सच मानो, सखी, बाबू अमृतराय की दशा भी तुम्हारी ही–सी है। वे आजकल बहुत मलिन दिखायी देते हैं। जब कभी इधर की बात चलाती हूँ तो जाने का नाम ही नहीं लेते। मैंने एक दिन देखा, वह तुम्हारा काढ़ा हुआ रुमाल लिये हुए थे।

यह बातें सुनकर प्रेमा का चेहरा खिल गया। मारे हर्ष के आँखें जगमगाने लगीं। पूर्णा का हाथ अपने हाथों में लेकर और उसकी आँखों से आँखें मिलाकर बोली सखी, इधर की और क्या–क्या बातें आयी थीं?

पूर्णा–(मुस्कराकर) अब क्या सब आज ही सुन लोगी। अभी तो कल ही मैंने पूछा कि आप ब्याह कब करेंगे, तो बोले– जब तुम चाहो। मैं बहुत लजा गई।

प्रेमा–सखी, तुम बड़ी ढीठ हो। क्या तुमको उनके सामने निकलते–बैठते लाज नहीं आती?

पूर्णा–लाज क्यों आती मगर बिना सामने आये काम तो नहीं चलता और सखी, उनसे क्या परदा करूँ, उन्होंने मुझ पर जो–जो अनुग्रह किये हैं उनसे मैं कभी उऋण नहीं हो सकती। पहिले ही दिन, जब कि मुझ पर वह विपत्ति पड़ी रात को मेरे यहाँ चोरी हो गयी। जो कुछ असबान था पापियों ने मूस लिया। उस समय मेरे पास एक कौड़ी भी न थी। मैं बड़े फेर में पड़ी हुई थी कि अब क्या करूँ। जिधर आँख उठाती, अँधेरा दिखायी देता। उसके तीसरे दिन बाबू अमृतराय आये। ईश्वर करे वह युग–युग जियें: उन्होंने बिल्लो की तनखाह बाँध दी और मेरे साथ भी बहुत–अच्छा सलूक किया। अगर वह उस वक्त आड़े न आते तो गहने–पाते अब तक कभी के बिक गये होते। सोचती

हूँ कि वह इतने बड़े आदमी होकर मुझ भिखारिनी के दरवाजे पर आते हैं तो उनसे क्या परदा करूँ। और दुनिया ऐसी है कि इतना भी नहीं देख सकती। वह जो पड़ोसा में पंडाइन रहती है, कई बार आई और बोली कि सर के बाल मुड़ा लो। विधवाओं का बाल न रखना चाहिए। मगर मैंने अब तक उनका कहना नहीं माना। इस पर सारे मुहल्ले में मेरे बारे में तरह-तरह की बातें की जाती हैं। कोई कुछ कहता हैं, कोई कुछ। जितने मुँह उतनी बातें। बिल्लो आकर सब वृत्तान्त मुझसे कहती है।सब सुन लेती हूँ और रो-धोकर चुप ही रहती हूँ। मेरे भाग्य में दुख भोगना, लोगों की जली-कटी सुनना न लिखा होता तो यह विपत्ति ही काहे को पड़ती। मगर चाहे कुछ हो मैं इन बालों को मुँड़वाकर मुण्डी नहीं बनना चाहती। ईश्वर ने सब कुछ तो हर लिया, अब क्या इन बालों से भी हाथ धोऊँ।

यह कहकर पूर्णा ने कंधों पर बिखरे हुए लम्बे-लम्बे बालों पर ऐसी दृष्टि से देखा मानो वे कोई धन हैं। प्रेमा ने भी उन्हें हाथ से सँभाल कर कहा-नहीं सखी खबरदार, बालों को मुंड़वाओगी तो हमसे-तुमसे न बनेगी। पंडाइन को बकने दो। वह पगला गई है। यह देखो नीचे की तरफ जो ऐंठन पड़ गयी है, कैसी सुन्दर मालूम होती है यही कहकर प्रेमा उठी। बक्स में सुगन्धित तेल निकाला और जब तक पूर्णा हाय-हाय करे कि उसके सर की चादर खिसका कर तेल डाल दिया और उसका सर जाँघ पर रखकर धीरे-धीरे मलने लगी। बेचारी पूर्णा इन प्यार की बातों को न सह सकी। आँखों में आँसू भरकर बोली—प्यारी प्रेमा, यह क्या गजब करती हो। अभी क्या कम उपहास हो रहा है? जब बाल सँवारे निकलूंगी तो क्या गत होगी। अब तुमसे दिल की बात क्या छिपाऊँ। सखी, ईश्वर जानता है, मुझे यह बाल खुद बोझ मालूम होते हैं। जब इस सूरत का देखनेवाला ही संसार से उठ गया तो यह बाल किस काम के। मगर मैं इनके पीछे पड़ोसियों के ताने सहती हूँ तो केवल इसलिए कि सर मुड़ाकर मुझसे बाबू अमृतराय के सामने न निकला जाएगा। यह कह कर पूर्णा जमीन की तरफ ताकने लगी। मानो वह लजा गयी है। प्रेमा भी कुछ सोचने लगी। अपनी सखी के सर में तेल मला, कंघी की, बाल गूंथे और तब धीरे से आईना लाकर उसके सामने रख दिया। पूर्णा ने इधर पाँच

महीने से आईने का मुँह नहीं देखा था। वह समझती थी कि मेरी सूरत बिलकुल उतर गयी होगी मगर अब जो देखा तो सिवाय इसके कि मुँह पीला पड़ गया था और कोई भेद न मालूम हुआ। मध्यम स्वर में बोली-प्रेमा, ईश्वर के लिए अब बस करो, भाग से यह सिंगार बदा नहीं हैं। पड़ोसिन देखेंगी तो न जाने क्या अपराध लगा दें।

प्रेमा उसकी सूरत को टकटकी लगाकर देख रही थी। यकायक मुस्कराकर बोली-सखी, तुम जानती हो मैंने तुम्हारा सिंगार क्यों किया?

पूर्णा-मैं क्या जानूँ। तुम्हारा जी चाहता होगा।

प्रेमा-इसलिए कि तुम उनके सामने इसी तरह जाओ।

पूर्णा-तुम बड़ी खोटी हो। भला मैं उनके सामने इस तरह कैसे जाऊँगी। वह देखकर दिल में क्या-क्या कहेंगे। देखनेवाले यों ही बेसिर-पैर की बातें उड़ाया करते है, तब तो और भी नहीं मालूम क्या कहेंगे।

थोड़ी देर तक ऐसे ही हंसी-दिल्लगी की बातों-बातों में प्रेमा ने कहा-सखी, अब तो अकेले नहीं रहा जाता। क्या हर्ज है तुम भी यहीं उठ आओ। हम तुम दोनों साथ-साथ रहें।

पूर्णा-सखी, मेरे लिए इससे अधिक हर्ष की कौन-सी बात होगी कि तुम्हारे साथ रहूँ। मगर अब तो पैर फूंक-फूंक कर धरना होता है। लोग तुम्हारे घर ही में राजी न होंगे। और अगर यह मान भी गये तो बिना बाबू अमृतराय की मर्जी के कैसे आ सकती हूँ। संसार के लोग भी कैसे अंधे हैं। ऐसे दयालू पुरुष को कहते हैं कि ईसाई हो गया है कहनेवालों के मुँह से न मालूम कैसे ऐसी झूठी बात निकलती है। मुझसे वह कहते थे कि मैं शीघ्र ही एक ऐसा स्थान बनवाने वाला हूँ जहाँ अनाथ विधवाएँ आकर रहेंगी। वहाँ उनके पालन-पोषण और वस्त्र का प्रबन्ध किया जाएगा और उनको पढ़ना-लिखना और पूजा-पाठ करना सिखाया जायगा। जिस आदमी के विचार ऐसे शुद्ध हों उसको वह लोग ईसाई और अधर्मी बनाते हैं, जो भूलकर भी भिखमंगे को भीख नहीं देते। ऐसा अंधेर है।

प्रेमा- बहिन, संसार का यही व्यवहार है। हाय! अगर वह मुझे अपनी लौंडी बना लेते तो भी मेरा जीवन सफल हो जाता। ऐसे उदारचित्त दाता की चेरी बनना भी कोई बड़ाई की बात है।

पूर्णा-तुम उनकी चेरी काहे को बनेगी। वह तो आप तुम्हारे सेवक बनने के लिए तैयार बैठे हैं। तुम्हारे लाला जी ही नहीं मानते। विश्वास मानो यदि तुमसे उनका ब्याह न हुआ तो कवारे ही रहेंगे।

प्रेमा-यहाँ भी यही ठान ली है कि चेरी बनूँगी तो उन्हीं की।

कुछ देरे तक तो यही बातें हुआ कीं। जब सूर्य अस्त होने लगा तो प्रेमा ने कहा-चलो सखी, तुमको बगीचे की सैर करा लावें। जब से तुम्हारा आना-जाना छूटा तब से मैं उधर भूलकर भी नहीं गयी।

पूर्णा-मेरे बाल खोल दो तो चलूँ। तुम्हारी भावज देखेगी तो ताना मारेगी।

प्रेमा-उनके ताने का क्या डर, वह तो हवा, से उलझा करती हैं। दोनों सखियां उठी और हाथ दिये कोठे से उतरकर फुलवारी में आयीं। यह एक छोटी-सी बगिया थी जिसमें भाँति-भाँति के फूल खिल रहे थे। प्रेमा को फूलों से बहुत प्रेम था। उसी ने अपनी दिलबहलाव के लिए बगीचा बनाया था। एक माली इसी की देख-भाल के लिए नौकर था। बाग के बीचों-बीच एक गोल चबूतरा बना हुआ था। दोनों सखियाँ इस चबूतरे पर बैठ गयीं। इनको देखते ही माली बहुत-सी कलियाँ एक साफ तरह कपड़े में लपेट कर लाया। प्रेमा ने उनको पूर्णा को देना चाहा। मगर उसने बहुत उदास होकर कहा–बहिन, मुझे क्षमा करो,इनकी बू-बास तुमको मुबारक हो। सोहाग के साथ मैंने फूल भी त्याग दिये। हाय! जिस दिन वह कालरुपी नदी में नहाने गये उस दिन ऐसे ही कलियों का हार बनाया था। (रोकर) वह हार धरा का धरा रह गया। तब से मैंने फूलों को हाथ नहीं लगाया। यह कहते-कहते वह यकायक चौंक पड़ी और बोली-सखी अब मैं जाऊँगी। आज इतवार का दिन है। बाबू साहब आते होंगे।

प्रेमा ने रोनी हँसकर कहा–'नही' सखी, अभी उनके आने में आध घण्टे की देर है। मुझे इस समय का ऐसा ठीक परिचय मिल गया है कि अगर

कोठरी में बन्द कर दो तो भी शायद गलती न करूँ। सखी कहते लाज आती है। मैं घण्टों बैठकर झरोखे से उनकी राह देखा करती हूँ। चंचल चित्त को बहुत समझाती हूँ। पर मानता ही नहीं।

पूर्णा ने उसको ढारस दिया और अपनी सखी से गले मिल, शर्माती हुई घूंघट से चेहरे को छिपाये अपने घर की तरफ चली और प्रेमी के दर्शन की अभिलाषा कर महताबी पर जाकर टहलने लगी।

पूर्णा के मकान पर पहुँचे ठीक आधी घड़ी हुई थी कि बाबू अमृतराय बाइसिकिल पर फर-फर करते आ पहुँचे। आज उन्होंने अंग्रेजी बाने की जगह बंगाली बाना धारण किया था, जो उन पर खूब सजता था। उनको देखकर कोई यह नहीं कह सकता था कि यह राजकुमार नहीं हैं, बाजारों में जब निकलते तो सब की आँखे उन्हीं की तरफ उठती थीं। रीति के विरुद्ध आज उनकी दाहिनी कलाई पर एक बहुत ही सुगन्धित मनोहर बेल का हार लिपटा हुआ था, जिससे सुगन्ध उड़ रही थी और इस सुगन्ध से लेवेण्डर की खुशबू मिलकर मानों सोने में सोहागा हो गया था। संदली रेशमी के बेलदार कुरते पर धानी रंग की रेशमी चादर हवा के मन्द-मन्द झोंकों से लहरा-लहरा कर एक अनोखी छवि दिखाती थी। उनकी आहट पाते ही बिल्लो घर में से निकल आई और उनको ले जाकर कमरे में बैठा दिया।

अमृतराय-क्यों बिल्लो, सब कुशल है?

बिल्लो-हाँ, सरकार सब कुशल है।

अमृतराय-कोई तकलीफ तो नहीं है?

बिल्लो-नहीं, सरकार कोई तकलीफ नहीं है।

इतने में बैठक का भीतरवाला दरवाजा खुला और पूर्णा निकली। अमृतराय ने उसकी तरफ देखा तो अचम्भे में आ गये और उनकी निगाह आप ही आप उसके चेहरे पर जम गई। पूर्णा मारे लज्जा के गड़ी जाती थी कि आज क्यों यह मेरी ओर ऐसे ताक रहे हैं। वह भूल गयी थी कि आज मैंने बालों में तेल डाला है, कंघी की है और माथे पर लाल बिन्दी भी लगायी है। अमृतराय ने उसको इस बनाव-चुनाव के साथ कभी नहीं देखा था और न वह समझे थे कि वह ऐसी रुपवती होगी।

कुछ देर तक तो पूर्णा सर नीचा किये खड़ी रही। यकायक उसको अपने गुंथे केश की सुधि आ गयी और उसने झट लजाकर सर और भी निहुरा लिया, घूंघट को बढ़ाकर चेहरा छिपा लिया। और यह खयाल करके कि शायद बाबू साहब इस बनाव सिंगार से नाराज हों वह बहुत ही भोलेपन के साथ बोली–मैं क्या करुँ, मैं तो प्रेमा के घर गयी थी। उन्होंने हठ करके सर में तेल डालकर बाल गूंथ दिये। मैं कल सब बाल कटवा डालूँगी। यह कहते–कहते उसकी आँखों में आँसू भर आये।

उसके बनाव सिंगार ने अमृतराय पर पहले ही जादू चलाया था। अब इस भोलेपन ने और लुभा लिया। जवाब दिया–नहीं–नहीं, तुम्हें कसम है, ऐसा हरगिज न करना। मैं बहुत खुश हूँ कि तुम्हारी सखी ने तुम्हारे ऊपर यह कृपा की। अगर वह यहाँ इस समय होती तो इसके निहोरे में मैं उनको धन्यवाद देता।

पूर्णा पढ़ी–लिखी औरत थी। इस इशारे को समझ गयी और झेंप से गर्दन नीचे कर ली। बाबू अमृतराय दिल में डर रहे थे कि कहीं इस छेड़ पर यह देवी रुष्ट न हो जाए। नहीं तो फिर मनाना कठिन हो जाएगा। मगर जब उसे मुसकराकर गर्दन नीची करते देखा तो और भी ढिठाई करने का साहस हुआ। बोले–मैं तो समझता था प्रेमा मुझे भूली होगी। मगर मालूम होता है कि अभी तक मुझ पर कुछ–कुछ स्नेह बाकी है।

अब की पूर्णा ने गर्दन उठायी और अमृतराय के चेहरे पर आँखें जमाकर बोली, जैसे कोई वकील किसी दुखीयारे के लिए न्यायाधीश से अपील करता हो–बाबू साहब, आपका केवल इतना समझना कि प्रेमा आपको भूल गयी होगी, उन पर बड़ा भारी आक्षेप है। प्रेमा का प्रेम आपके निमित्त सच्चा है। आज उनकी दशा देखकर मैं अपनी विपत्ति भूल गयी। वह गल कर आधी हो गयी हैं। महीनों से खाना–पीना नाममात्र है। सारे दिन अपनी कोठरी में पड़े–पड़े रोया करती हैं। घरवाले लाख–लाख समझाते हैं मगर नहीं मानती। आज तो उन्होंने आपका नाम लेकर कहा–सखी अगर चेरी बनूँगी तो उन्हीं की।

यह समाचार सुनकर अमृतराय कुछ उदास हो गये। यह अग्नि जो कलेजे में सुलग रही थी और जिसको उन्होंने सामाजिक सुधार के राख तले दबा

रक्खा था इस समय क्षण भर के लिए धधक उठी, जी बेचैन होने लगा, दिल उकसाने लगा कि मुंशी बदरीप्रसाद का घर दूर नहीं है। दम भर के लिए चलो। अभी सब काम हुआ जाता है। मगर फिर देशहित के उत्साह ने दिल को रोका। बोले-पूर्णा, तुम जानती हो कि मुझे प्रेमा से कितनी मुहब्बत थी। चार वर्ष तक मैं दिल में उनकी पूजा करता रहा। मगर मुंशी बदरप्रसाद ने मेरी दिनों की बँधी हुई आस केवल इस बात पर तोड़ दी कि मैं सामाजिक सुधार का पक्षपाती हो गया। आखिर मैंने भी रो-रोकर उस आग को बुझाया और अब तो दिल एक दूसरी ही देवी की उपासना करने लगा है। अगर यह आशा भी यों ही टूट गयी तो सत्य मानो, बिना ब्याह ही रहूँगा।

पूर्णा का अब तक यह खयाल था कि बाबू अमृतराय प्रेमा से ब्याह करेंगे। मगर अब तो उसको मालूम हुआ कि उनका ब्याह कहीं और लग रहा है तब उसको कुछ आश्चर्य हुआ। दिल से बातें करने लगी। प्यारी प्रेमा, क्या तेरी प्रीति का ऐसा दुखदायी परिणाम होगा। तेरे माँ-बाप, भाई-बंद तेरी जान के ग्राहक हो रहे हैं। यह बेचारा तो अभी तक तुझ पर जान देता हैं। चाहे वह अपने मुँह से कुछ भी न कहे, मगर मेरा दिल गवाही देता है कि तेरी मुहब्बत उसके रोम-रोम में व्याप रही है। मगर जब तेरे मिलने की कोई आशा ही न हो तो बेचारा क्या करे, मजबूर होकर कहीं और ब्याह करेगा। इसमें उसका क्या दोष है। मन में इस तरह विचार कर बोली-बाबू साहब, आपको अधिकार है जहाँ चाहो संबंध करो। मगर मैं तो यही कहूँगी कि अगर इस शहर में आपके जोड़ की कोई है तो वही प्रेमा है।

अमृतराय-यह क्यों नहीं कहती कि यहाँ उनके योग्य कोई वर नहीं, इसीलिए तो मुंशी बदरीप्रसाद ने मुझसे छुटकारा पाया।

पूर्णा-यह आप कैसी बात कहते हैं। प्रेमा और आपका जोड़ ईश्वर ने अपने हाथ से बनाया है।

अमृतराय-जब उनके योग्य मैं था। अब नहीं हूँ।

पूर्णा-अच्छा, आजकल किसके यहाँ बातचीत हो रही है?

अमृतराय-(मुस्कराकर) नाम अभी नहीं बताऊँगा। बातचीत तो हो रही है। मगर अभी कोई पक्की उम्मीद नहीं है।

पूर्णा–वाह ऐसा भी कहीं हो सकता है? यहाँ ऐसा कौन रईस है जो आपसे नाता करने में अपनी बड़ाई न समझता हो।

अमृतराय–नहीं, कुछ बात ही ऐसी आ पड़ी है।

पूर्णा–अगर मुझसे कोई काम हो सके तो मैं करने को तैयार हूँ। जो काम मेरे योग्य हो बता दीजिए।

अमृतराय (मुस्कराकर)तुम्हारी मरजी बिना तो वह काम कभी पूरा हो ही नही सकता। तुम चाहो तो बहुत जल्द मेरा घर बस सकता है।

पूर्णा बहुत प्रसन्न हुई कि मैं भी अब इनके कुछ काम आ सकूँगी। उसकी समझ में इस वाक्य के अर्थ नहीं आये कि 'तुम्हारी मर्जी बिना तो वह काम पूरा हो ही नहीं सकता'। उसने समझा कि शायद मुझसे यही कहेंगे कि जा के लड़की को देख आवे। छः महीने के अन्दर ही अन्दर वह इसका अभिप्राय भली-भाँति समझ गयी समझ गयी।

बाबू अमृतराय कुछ देर तक यहाँ और बैठे। उनकी आँखें आज इधर-उधर से घूम कर आतीं और पूर्णा के चेहरे पर गड़ जातीं। वह कनखियों से उनकी ओर ताकती तो उन्हें अपनी तरफ ताकते पाती। आखिर वह उठे और चलते समय बोले–पूर्णा, यह गजरा आज तुम्हारे वास्ते लाया हूँ। देखो इसमें से कैसी सुगन्ध उड़ रही है।

पूर्णा भौचंक्क हो गयी। यह आज अनोखी बात कैसी? एक मिनट तक तो वह इस सोच विचार में थी कि लूं या न लूं। उन गजरों का ध्यान आया जो उसने अपने पति के लिए होली के दिन बनाये थे। फिर प्रेमा की कलियों का खयाल आया। उसने इरादा किया मैं न लूँगी। जबान ने कहा–मैं इसे लेकर क्या करूँगी, मगर हाथ आप ही आप बढ़ गया। बाबू साहब ने खुश होकर गजरा उसके हाथ में पिन्हाया, उसको खूब नजर भरकर देखा। फिर बाहर निकल आये और पैरगाड़ी पर सवार हो रवाना हो गये। पूर्णा कई मिनट तक सन्नाटे में खड़ी रही। वह सोचती थी कि मैंने तो गजरा लेने से इनकार किया था। फिर यह मेरे हाथ में कैसे आ गया। जी चाहा कि फेंक दे। मगर फिर यह ख्याल पलट गया और उसने गजरे को हाथ में पहिन लिया। हाय! उस

समय भी भोली-भाली पूर्णा के समझ में न आया कि इस जुमले का क्या मतलब है कि 'तुम चाहो तो बहुत जल्द मेरा घर बस सकता है।'

उधर प्रेमा महताबी पर टहल रही थी। उसने बाबू साहब को आते देखा था। उनकी सज-धज उसकी आँखों में खुब गयी थी। उसने उन्हें कभी इस बनाव के साथ नहीं देखा था। वह सोच रही थी कि आज इनके हाथ में गजरा क्यों है। उसकी आँखें पूर्णा के घर की तरफ लगी हुई थीं। उसका जी झुंझलाता था कि वह आज इतनी देर क्यों लगा रहे है? एकाएक पैरगाड़ी दिखाई दी। उसने फिर बाबू साहब को देखा। चेहरा खिला हुआ था। कलाइयों पर नजर पड़ गयी, हँय वह गजरा क्या हो गया?

6.

मुये पर सौ दुर्रे

पूर्णा ने गजरा पहिन तो लिया। मगर रात भर उसकी आँखों में नींद नहीं आयी। उसकी समझ में यह बात न आती थी। कि अमृतराय ने उसे गजरा क्यों दिया। उसे ऐसा मालूम होता था कि पंडित बसंतकुमार उसकी तरफ बहुत क्रोध से देख रहे हैं। उसने चाहा कि गजरा उतार कर फेंक दूं मगर नहीं मालूम क्यों उसके हाथ काँपने लगे। सारी रात उसने आँखों में काटी। प्रभात हुआ। अभी सूर्य भगवान ने भी कृपा न की थी कि पंडाइन और चौबाइन और बाबू कमलाप्रसाद की बृद्ध महराजिन और पड़ोस की सेठानी जी कई दूसरी औरतों के साथ पूर्णा के मकान में आ उपस्थित हुईं। उसने बड़े आदर से सबको बिठाया, सबके पैर छुए, उसके बाद यह पंचायत होने लगी।

पंडाइन (जो बुढ़ापे की बजह से सूखकर छोहारे की तरह हो गयी थी)-क्यों दुलहिन, पंडित जी को गंगालाभ हुए कितने दिन बीते?

पूर्णा-(डरते-डरते) पाँच महीने से कुछ अधिक हुआ होगा।

पंडाइन-और अभी से तुम सबके घर आने-जाने लगीं। क्या नाम कि कल तुम सरकार के घर चली गयी थीं। उनकी क्वारी कन्या के पास दिन भर बैठी रहीं। भला सोचो, तुमने कोई अच्छा काम किया। क्या नाम कि तुम्हारा और उनका अब क्या साथ। जब वह तुम्हारी सखी थीं, तब थीं। अब तो तुम विधवा हो गयीं। तुमको कम से कम साल भर तक घर से बाहर पाँव न निकालना चाहिए। तुम्हारे लिए साल भर तक हँसना-बोलना मना है हम यह

नहीं कहते कि तुम दर्शन को न जाव या स्नान को न जाव। स्नान-पूजा तो तुम्हारा धर्म ही है। हाँ, किसी सोहागिन या किसी क्वारी कन्या पर तुमको अपनी छाया नही डालनी चाहिए।

पंडाइन चुप हुई तो महाराजिन टुइयों की तरह चहकने लगीं-क्या बतलाऊँ, बड़ी सरकार और दुलहिन दोनों लहू का घूंट पीकर रह गई। ईश्वर जाने बड़ी सरकार तो बिलख-बिलख रो रही थीं कि एक तो बेचारी लड़की के यों हर जान के लाले पड़े हैं। दूसरी अब राँड बेवा के साथ उठना-बैठना है। नहीं मालूम नारायण क्या करनेवाले हैं। छोटी सरकार मारे क्रोध के काँप रही थीं। आँखों से ज्वाला निकल रही थी। बारे मैनें उनको समझाया कि आज जाने दीजिए वह बेचारी तो अभी बच्चा है। खोटे-खरे का मर्म क्या जाने। सरकार का बेटा जिये, जब बहुत समझाया तब जाके मानीं। नहीं तो कहती थीं मैं अभी जाकर खड़े-खड़े निकाल देती हूँ। सो बेटा, अब तुम सोहागिनों के साथ बैठने योग्य नहीं रहीं। अरे ईश्वर ने तो तुम पर विपत्ति डाल दी। जब अपना प्राणप्रिय ही न रहा तो अब कैसा हँसना-बोलना। अब तो तुम्हारा धर्म यही है कि चुपचाप अपने घर में पड़ी रहो। जो कुछ रुखा-सूखा मिले खावो पियो। और सरकार का बेटा जिये, जहाँ तक हो सके, धर्म के काम करो।

महाराजिन के चुप होते ही चौबाइन गरजने लगीं। यह एक मोटी भदेसिल और अधेड़ औरत थी-भला इनसे पूछा कि अभी तुम्हारे दुल्हे को उठे पाँच महीने भी न बीते, अभी से तुम कंधी-चोटी करने लगीं। क्या कि तुम अब विधवा हो गई। तुमको अब सिंगार-पेटार से क्या सरोकार ठहरा। क्या नाम कि मैंने हजारों औरतों को देखा है जो पति के मरने के बाद गहना-पाता नहीं पहनती। हँसना-बोलना तक छोड़ देती हैं। यह न कि आज तो सुहाग उठा और कल सिंगार-पटार होने लगा। मैं लल्लो-पत्तों की बात नहीं जानती। कहूँगी सच। चाहे किसी को तीता लगे या मीठा। बाबू अमृतराय का रोज-रोज आना ठीक नहीं है। है कि नही, सेठानी जी?

सेठानी जी बहुत मोटी थीं और भारी-भारी गहनों से लदी थी। माँस के लोथडे हड्डियों से अलग होकर नीचे लटक रहे थे। इसकी भी एक बहू राँड हो गयी थी जिसका जीवन इसने व्यर्थ कर रखा था। इसका स्वभाव था कि

बात करते समय हाथों को मटकाया करती थी। महाराजिन की बात सुनकर-जो सच बात होगी सब कोई कहेगा। इसमें किसी का क्या डर। भला किसी ने कभी राँड बेवा को भी माथे पर बिंदी देते देखा है। जब सोहाग उठ गया तो फिर सिंदूर कैसा। मेरी भी तो एक बहू विधवा है। मगर आज तक कभी मैंने उसको लाल साड़ी नहीं पहिनने दी। न जाने इन छोकरियों का जी कैसा है कि विधवा हो जाने पर भी सिंगार पर जी ललचाया करता है। अरे इनको चाहिए कि बाबा अब राँड हो गई। हमको निगोड़े सिंगार से क्या लेना।

महाराजिन-सरकार का बेटा जिये तुम बहुत ठीक कहती हो सेठानी जी। कल छोटी सरकार ने जो इनको माँग में सेंदूर लगाये देखा तो खड़ी ठक रह गयीं। दांतों तले उंगली दबायी कि अभी तीन दिन की विधवा और यह सिंगार। सो बेटा, अब तुमको समझ-बूझकर काम करना चाहिए। तुम अब बच्चा नहीं हो।

सेठानी-और क्या, चाहे बच्चा हो या बूढ़ी। जब बेराह चलेगी तो सब ही कहेंगे। चुप क्यों हो पंडाइन, इनके लिए अब कोई राह-बाट निकाल दो।

पंडाइन-जब यह अपने मन की हो गयीं तो कोई क्या राह-बाट निकाले। इनको चाहिए कि ये अपने लंबे-लंबे केश कटवा डालें। क्या नाम कि दूसरों के घर आना-जाना छोड़ दें। कंधी-चोटी कभी न करें पान न खाये। रंगीन साड़ी न पहनें और जैसे संसार की विधवायें रहती है वैसे रहें।

चौबाइन और बाबू अमृतराय से कह दें कि यहाँ न आया करें। इस पर एक औरत ने जो गहने कपड़े से बहुत मालदार न जान पड़ती थी, कहा-चौबाइन यह सब तो तुम कह गयी मगर जो कहीं बाबू अमृतराय चिढ़ गये तो क्या तुम इस बेचारी का रोटी-कपड़ा चला दोगी? कोई विधवा हो गयी तो क्या अब अपना मुँह सी लें।

महराजिन-(हाथ चमकाकर) यह कौन बोला? ठसों। क्या ममता फड़कने लगी?

सेठानी-(हाथ मटकाकर) तुझे किसने बुलाया जो आ के बीच में बोल उठी। राँड तो हो गयी हो, काहे नहीं जा के बाजार में बैठती हो।

चौबाइन–जाने भी दो सेठानी जी, इस बौरी के मुँह क्या लगती हो।

सेठानी–(कड़ककर) इस मुई को यहाँ किसने बुलाया। यह तो चाहती है जैसी मैं बेहया हूँ वैसा ही संसार हो जाय।

महराजिन–हम तो सीख दे रही थीं तो इसे क्यों बुरा लगा? यह कौन होती है बीच में बोलनेवाली?

चौबाइन–बहिन, उस कुटनी से नाहक बोलती हो। उसको तो अब कुटनापा करना है। इस भांति कटूक्तियों द्वारा सीख देकर यह सब स्त्रियाँ यहाँ से पधारीं। महराजिन भी मुंशी बदरीप्रसाद के यहाँ खाना पकाने गयीं। इनसे और छोटी सरकार से बहुत बनती थी। वह इन पर बहुत विश्वास रखती थी। महराजिन ने जाते ही सारी कथा खूब नमक-मिर्च लगाकर बयान की और छोटी सरकार ने भी इस बात को गाँठ बाँध लिया और प्रेमा को जलाने और सुलगाने के लिए उसे उत्तम समझकर उसके कमरे की तरफ चलीं।

यों तो प्रेमा प्रतिदिन सारी रात जगा करती थी। मगर कभी-कभी घंटे आध घंटे के लिए नींद आ जाती थी। नींद क्या आ जाती थी, एक ऊंघ सी आ जाती थी, मगर जब से उसने बाबू अमृतराय को बंगालियों के भेस में देखा था और पूर्णा के घर से लौटते वक्त उसको उनकी कलाई पर गजरा न नजर आया था तब से उसके पेट में खलबली पड़ी हुई थी कि कब पूर्णा आवे और कब सारा हाल मालूम हो। रात को बेचैनी के मारे उठ-उठ घड़ी पर आँखे दौड़ाती कि कब भोर हो। इस वक्त जो भावज के पैरों की चाल सुनी तो यह समझकर कि पूर्णा आ रही है, लपकी हुई दरवाजे तक आयी। मगर ज्योंही भावज को देखा ठिठक गई और बोली कैसे चलीं, भाभी?

भाभी तो यह चाहती ही थीं कि छेड़-छाड़ के लिए कोई मौका मिले। यह प्रश्न सुनते ही तिनक का बोली–क्या बताऊँ कैसे चली? अब से जब तुम्हारे पास आया करूँगी तो इस सवाल का जवाब सोचकर आया करूँगी। तुम्हारी तरह सबका लहू थोड़े ही सफेद हो गया है कि चाहे किसी की जान निकल, जाय, घी का घड़ा ढलक जाए, मगर अपने कमरे से पाँव बाहर न निकाले।

प्रेमा ने वह सवाल यों ही पूछ लिया था। उसके जब यह अर्थ लगाये गये तो उसको बहुत बुरा मालूम हुआ। बोली-भाभी, तुम्हारे तो नाक पर गुस्सा रहता है। तुम जरा-सी बात का बतगंढ़ बना देती हो। भला मैंने कौन सी बात बुरा मानने की कही थी?

भाभी-कुछ नहीं, तुम तो जो कुछ कहती हो मानो मुँह से फूल झाड़ती हो। तुम्हारे मुँह में मिसरी घोली हुई न। और सबके तो नाक पर गुस्सा रहता है, सबसे लड़ा ही करते हैं।

प्रेमा-(झल्लाकर) भावज, इस समय मेरा तो चित्त बिगड़ा हुआ है। ईश्वर के लिए मुझसे मत उलझो। मै तो यों ही अपनी जान को रो रही हूँ। उस पर से तुम और भी नमक छिड़कने आयीं।

भाभी-(मटककर) हाँ रानी, मेरा तो चित्त बिगड़ा हुआ है, सर फिरा हुआ है। जरा सीधी-सादी हूँ न। मुझको देखकर भागा करो। मै। कटही कुतिया हूँ, सबको काटती चलती हूँ। मैं भी यारों को चुपके-चुपके चिटठी-पत्री लिखा करती, तसवीरें बदला करती तो मैं भी सीता कहलाती और मुझ पर भी घर भर जान देने लगता। मगर मान न मान मैं तेरा मेहमान। तुम लाख जतन करो, लाख चिटिठयाँ लिखो मगर वह सोने की चिड़िया हाथ आनेवाली नहीं। यह जली कटी सुनकर प्रेमा से जब्त न हो सका। बेचारी सीधे स्वभाव की औरत थी। उसका वर्षों से विरह की अग्नि में जलते-जलते कलेजा और भी पक गया था। वह रोने लगी।

भावज ने जब उसको रोते देखा तो मारे हर्ष के आँखे जगमगा गयीं। हत्तेरे की। कैसा रूला दिया। बोली-बिलखने क्या लगी, क्या अम्मा को सुनाकर देशनिकाला करा दोगी? कुछ झूठ थोड़ी ही कहती हूँ। वही अमृतराय जिनके पास आप चुपके-चुपके प्रेम-पत्र भेजा करती थी अब दिन-दहाड़े उस राँड पूर्णा के घर आता है और घंटो वहीं बैठा रहता है। सुनती हूँ फूल के गजरे ला-लाकर पहनाता है। शायद दो एक गहने भी दिये हैं।

प्रेमा इससे ज्यादा न सुन सकी। गिड़गिड़ाकर बोली-भाभी, मैं तुम्हारे पैरों पड़ती हूँ मुझ पर दया करो। मुझे जो चाहो कह लो। (रोकर) बड़ी हो, जी

चाहे मार लो। मगर किसी का नाम लेकर और उस पर झूठे इल्ज़ाम मेरे दिल को मत जलाओ। आखिर किसी के सर पर झूठ-मूठ अपराध क्यों लगाती हो।

प्रेमा ने तो यह बात बड़ी दीनता से कही। मगर छोटी सरकार झूठे इल्ज़ाम लगाने वाली बात पर बिगड़ गयीं। चमक कर बोलीं-हाँ, हाँ रानी, मैं दूसरों पर झूठे इल्ज़ाम लगाकर तुमको जलाने आती हूँ न। मैं तो झूठ का व्यवहार करती हूँ। मुझे तुम्हारे सामने झूठ बोलने से मिठाई मिलती होगी। आज मुहल्ले भर में घर-घर यही चर्चा हो रही है। तुम तो पढ़ी-लिखी हो, भला तुम्हीं सोचो एक तीस वर्ष के संडे मर्दवे का पूर्णा से क्या काम? माना कि वह उसका रोटी-कपड़ा चलाते हैं मगर यह तो दुनिया है। जब एक पर आ पड़ती है तो दूसरा उसके आड़े आता है। भले मनुष्यों का यह ढंग नहीं है कि दूसरों को बहकाया करें, और उस छोकरी को क्या कोई बहकायेगा वह तो आप मर्दों पर डोरे डाला करती है। मैंने तो जिस दिन उसकी सूरत देखी थी उसी दिन ताड़ गयी थी कि यह एक ही विष की गांठ हैं। अभी तीन दिन भी दूल्हे को मरे हुए नहीं बीते कि सबको झमकड़ा दिखाने लगी। दूल्हा क्या मरा मानो एक बला दूर हुई। कल जब वह यहाँ आई थी तो मै बाल बंधा रही थी। नहीं तो डेउढ़ी के भीतर तो पैर धरने ही नहीं देती। चुडैल कहीं की, यहाँ आकर तुम्हारी सहेली बनती है। इसी ने अमृतराय को अपना यौवन दिखाकर अपना लिया। कल कैसा लचक-लचक कर ठुमुक-ठुमुक् चलती थी। देख-देख कर आँखे फूटती थीं। खबरदार, जो अब कभी, तुमने उस चुडैल को अपने यहाँ बिठाया। मैं उसकी सूरत नहीं देखना चाहती। जबान वह बला है कि झूठ बात का भी विश्वास दिला देती है। छोटी सरकार ने जो कुछ कहा वह तो सब सच था। भला उसका असर क्यों न होता। अगर उसने गजरा लिये हुए जाते न देखा होता तो भावज की बातों को अवश्य बनावट समझती। फिर भी वह ऐसी ओछी नहीं थी कि उसी वक्त अमृतराय और पूर्णा को कोसने लगती और यह समझ लेती कि उन दोनों में कुछ साँठ-गाँठ है। हाँ, वह अपनी चारपाई पर जाकर लेट गयी और मुँह लपेट कर कुछ सोचने लगी।

प्रेमा को तो पलंग पर लेटकर भावज की बातों को तौलने दीजिए और हम मर्दाने में चलें। यह एक बहुत सजा हुआ लंबा-चौड़ा दीवानखाना है।

जमीन पर मिर्जापुर की खूबसूरत कालीनें बिछी हुई हैं। भाँति-भाँति की गद्देदार कुर्सियाँ लगी हुई है। दीवारें उत्तम चित्रों से भूषित है। पंखा झला जा रहा है। मुंशी बदरीप्रसाद एक आरामकुर्सी पर बैठे ऐनक लगाये एक अखबार पढ़ रहे है। उनके दायें-बायें की कुर्सियों पर कोई और महाशय रईस बैठे हुए हैं। वह सामने की तरफ मुंशी गुलजारीलाल हैं और उनके बगल में बाबू दाननाथ हैं। दाहिनी तरफ बाबू कमलाप्रसाद मुंशी झम्मनलाल से कुछ कानाफूसी कर रहे हैं। बायीं और दो तीन और आदमी हैं जिनको हम नहीं पहचानते। कई मिनट तक मुंशी बदरीप्रसाद अखबार पढ़ते रहे। आखिर सर उठाया और सभा की तरफ देखकर बड़ी गंभीरता से बोले-बाबू अमृतराय के लेख अब बड़े ही निंदनीय होते जाते हैं। गुलजारीलाल-क्या आज फिर कुछ जहर उगला?

बदरीप्रसाद-कुछ न पूछिए, आज तो उन्होंने खुली-खुली गालियाँ दी हैं। हमसे तो अब यह बर्दाश्त नहीं होता।

गुलजारी-आखिर कोई कहाँ तक बर्दाश्त करे। मैने तो इस अखबार का पढ़ना तक छोड दिया।

झम्मनलाल-गोया आपने अपनी समझ में बड़ा भारी काम किया। अजी आपका धर्म यह है कि उन लेखों को काटिए, उनका उत्तर दीजिए। मैं आजकल एक कवित्त रच रहा हूँ, उसमे मैंने इनको ऐसा बनाया है कि यह भी क्या याद करेंगे।

कमलाप्रसाद-बाबू अमृतराय ऐसे अधजीवे आदमी नहीं है कि आपके कवित्त, चौपाई से डर जाएँ। वह जिस काम में लिपटते है सारे जी से लिपटते हैं।

झम्मनलाल-हम भी सारे जी से उनके पीछे पड़ जाएँगे। फिर देखे वह कैसे शहर में मुँह दिखाते है। कहो तो चुटकी बजाते उनको सारे शहर में बदनाम कर दूँ।

कमलाप्रसाद-(ज़ोर देकर) यह कौन-सी बहादुरी है। अगर आप लोग उनसे विरोध मोल लिया चाहते हैं। तो सोच-समझ कर लीजिए। उनके लेखों को पढिए, उनको मन में विचारिए, उनका जवाब लिखिए, उनकी तरह देहातों

में जा-जाकर व्याख्यान दीजिए तब जा के काम चलेगा। कई दिन हुए मैं अपने इलाके पर से आ रहा था कि एक गाँव में मैने दस-बारह हजार आदमियों की भीड़ देखी। मैंने समझा पैठ है। मगर जब एक आदमी से पूछा तो मालूम हुआ। कि बाबू अमृतराय का व्याख्यान था। और यह काम अकेले वही नहीं करते, कालिज के कई होनहार लड़के उनके सहायक हो गये हैं और यह तो आप लोग सभी जानते हैं कि इधर कई महीने से उनकी वकालत अंधाधुंध बढ़ रही है।

गुलजारीलाल-आप तो सलाह इस तरह देते हैं गोया आप खुद कुछ न करेंगे।

कमलाप्रसाद-न, मैं इस काम में आपका शरीक नहीं हो सकता। मुझे अमृतराय के सब सिद्धांतो से मेल है, सिवाय विधवा-विवाह के।

बदरीप्रसाद-(झपटकर) बच्चा, कभी तुमको समझ न आयेगी। ऐसी बातें मुहँ से मत निकाला करो।

झम्मनलाल-कमलाप्रसाद से) क्या आप विलायत जाने के लिए तैयार हैं?

कमलाप्रसाद-मैं इसमे कोई हानि नहीं समझता।

गुलजारीलाल-(हंसकर) यह नये बिगड़े हैं। इनको अभी अस्पताल की हवा खिलाइए।

बदरीप्रसाद-(झल्लाकर) बच्चा, तुम मेरे सामने से हट जाओ। मुझे क्रोध होता है।

कमलाप्रसाद को भी गुस्सा आ गया। वह उठकर जाने लगे कि दो-तीन आदमियों ने मनाया और फिर कुर्सी पर लाकर बिठा दिया। इसी बीच में मिस्टर शर्मा की सवारी आयी। आप वही उत्साही पुरुष हैं जिन्होंने अमृतराय को पक्की सहायता का वादा किया था। इनको देखते ही लोगो ने बड़े आदर से कुर्सी पर बिठा दिया। मिस्टर शर्मा उस शहर में म्यूनिसिपैलिटी के सेक्रेटरी थे।

गुलजारीलाल-कहिए पंडित जी, क्या खबर है?

मिस्टर शर्मा-(मूंछो पर हाथ फेरकर) वह ताजा खबर लाया हूँ कि आप लोग सुनकर फड़क जायँगे। बाबू अमृतराय ने दरिया के किनारे वाली हरी-भरी जमीन के लिए दरखास्त दी है। सुनता हूँ, वहाँ एक अनाथालय बनवायेंगे।

बदरीप्रसाद-ऐसा कदापि नहीं हो सकता। कमलाप्रसाद। तुम आज उसी जमीन के लिए हमारी तरफ से कमेटी में दरखास्त पेश कर दो। हम वहाँ ठाकुरद्वारा और धर्मशाला बनावायेंगे।

मिस्टर शर्मा-आज अमृतराय साहब के बँगले पर गये थे। वहाँ बहुत देर तक बातचीत होती रही। साहब ने मेरे सामने मुसकराकर कहा-अमृतराय, मैं देखूँगा कि जमीन तुमको मिले।

गुलजारीलाल ने सर हिलाकर कहा-अमृतराय बड़े चाल के आदमी हैं। मालूम होता है, साहब को पहले ही से उन्होंने अपने ढंग पर लगा लिया है।

मिस्टर शर्मा-जनाब, आपको मालूम नहीं अंग्रेजों से उनका कितना मेलजोल है। हमको अंग्रेज मेम्बरों से कोई आशा नहीं रखना चाहिए। वह सब के सब अमृतराय का पक्ष करेंगे।

बदरीप्रसाद-(ज़ोर देकर) जहाँ तक मेरा बस चलेगा मै यह जमीन अमृतराय को न लेने दूँगा। क्या डर है, अगर और ईसाई मेम्बर उनके तरफदार है। यह लोग पाँच से अधिक नहीं। बाकी बाईस मेंबर अपने हैं। क्या हमको उनकी वोट भी न मिलेगी? यह भी न होगा तो मैं उस जमीन को दाम देकर लेने पर तैयार हूँ।

झम्मनलाल-जनाब, मुझको पक्का विश्वास है कि हमको आधे से ज्यादा वोट अवश्य मिल जायँगे।

एक बहुत ही उत्तम रीति से सजा हुआ कमरा है। उसमें मिस्टर वालटर साहब बाबू अमृतराय के साथ बैठे हुए कुछ बातें कर रहे हैं। वालटर साहब यहाँ के कमिश्नर हैं और साधारण अंग्रेजों के अतिरिक्त प्रजा के बड़े हितैषी और बड़े उत्साही प्रजापालक हैं। आपका स्वभाव ऐसा निर्मल है कि छोटा-बड़ा कोई हो, सबसे हँसकर क्षेम-कुशल पूछते और बात करते हैं। वह प्रजा की अवस्था को उन्नत दशा में ले जाने का उद्योग किया करते हैं और यह उनका

नियम है कि किसी हिन्दुस्तानी से अंग्रेजी में नहीं बोलेंगे। अभी पिछली साल जब प्लेग का डंका चारों ओर घनघोर बज रहा था, वालटर साहब, गरीब किसानों के घर जाकर उनका हाल-चाल देखते थे और अपने पास से उनको कंबल बाँटते-फिरते थे। और अकाल के दिनों में तो वह सदा प्रजा की ओर से सरकार के दरबार में वादानुवाद करने के लिए तत्पर रहते हैं। साहब अमृतराय की सच्ची देशभक्ति की बड़ी बड़ाई किया करते हैं और बहुधा प्रजा की रक्षा करने में दोनों आदमी एक-दूसरे की सहायता किया करते हैं।

वालटर-(मुसकराकर) बाबू साहब। आप बड़ा चालाक है आप चाहता है कि मुंशी बदरी प्रसाद से थैली-भर, रूपया ले। मगर आपका बात वह नहीं मानने सकता।

अमृतराय-मैंने तो आपसे कह दिया कि मै अनाथालय अवश्य बनवाऊँगा और इस काम में बीस हजार से कम न लगेगा। अगर आप मेरी सहायता करेंगे तो आशा है कि यह काम भी सफल हो जाए और मै भी बना रहूँ। और अगर आप कतरा गये तो ईश्वर की कृपा से मेरे पास अभी इतनी जायदाद है कि अकेले दो अनाथालय बनवा सकता हूँ। मगर हाँ, तब मैं और कामों में कुछ भी उत्साह न दिखा सकूँगा।

वालटर-(हंसकर) बाबू साहब। आप तो जरा सी बात में नाराज हो गया। हम तो बोलता है कि हम तुम्हारा मदद दो हजार से कर सकता है। मगर बदरीप्रसाद से हम कुछ नहीं कहने सकता। उसने अभी अकाल में सरकार को पाँच हजार दिया है।

अमृतराय-तो यह दो हजार में लेकर क्या करूँगा? मुझे तो आपसे पंद्रह हजार की पूरी आशा थी। मुंशी बदरीप्रसाद के लिए पाँच हजार क्या बड़ी बात है? तब से इसका दुगना तो वह एक मंदिर बनवाने में लगा चुके हैं और केवल इस आशा पर कि उनको सी आई.ई की पदवी मिल जाएगी, वह इसका दस गुना आज दे सकते हैं।

वालटर-(अमृतराय से हाथ मिलाकर) वेल, अमृतराय। तुम बड़ा चालाक है। तुम बड़ा चालाक है तुम मुंशी बदरीप्रसाद को लूटना माँगता है।

यह कहकर साहब उठ खड़े हुए। अमृतराय भी उठे। बाहर फिटन खड़ी थी दोनों उस पर बैठ गये। साईस ने घोड़े को चाबुक लगाया और देखते देखते मुंशी बदरीप्रसाद के मकान पर जा पहुंचे। ठीक उसी वक्त जब वहाँ अमृतराय से रार बढ़ाने की बातें सोची जा रही थीं।

प्यारे पाठकगण। हम यह वर्णन करके कि इन दोनों आदमियों के पहुँचते ही वहाँ कैसी खलबली पड़ गयी, मुंशी बदरीप्रसाद ने इनका कैसा आदर किया, गुलजारीलाल, दाननाथ और मिस्टर शर्मा कैसी आँखे चुराने लगे, या साहब ने कैसे काट-छांट की बाते कीं और मुंशी जी को सी.आई.ई की पदवी की किन शब्दों में आशा दिलाई आपका समय नहीं गँवाना चाहते। खुलासा यह कि अमृतराय को यहाँ से सत्तरह हजार रूपया मिला। मुंशी बदरीप्रसाद ने अकेले बारह हजार दिया जो उनकी उम्मीद से बहुत ज्यादा था। वह जब यहाँ से चले तो ऐसा मालूम होता था कि मानों कोई गढ़ी जीते चले आ रहे हैं। वह जमीन भी जिसके लिए उन्होंने कमेटी मे दरखास्त की थी मिल गयी और आज ही इंजीनियर ने उसको नाप कर अनाथालय का नक्शा बनाना आरंभ कर दिया।

साहब और अमृतराय के चले जाने पर यहाँ यों बातें होने लगी।

झम्मनलाल-यार, हमको तो इस लौंडे ने आज पांच सौ के फेर में डाल दिया।

गुलजारी लाल-जनाब, आप पाँच सौ को रो रहे हैं यहाँ तो एक हजार पर पानी फिर गया। मुंशी जी तो सी.आई.ई की पदवी पावेंगे। यहाँ तो कोई रायबहादुरी को भी नहीं पूछता।

कमलाप्रसाद-बडे शोक की बात है कि आप लोग ऐसे शुभ कार्य में सहायता देकर पछताते हैं। अमृतराय को देखिए कि उन्होंने अपना एक गाँव बेचकर दस हजार रूपया भी दिया और उस पर दौड़-धूप अलग कर रहे हैं।

मुंशी बदरीप्रसाद-अमृतराय बड़ा उत्साही आदमी है। मैंने आज इसको जाना। बच्चा कमलाप्रसाद। तुम आज शाम को उनके यहाँ जाकर हमारी ओर से धन्यवाद दे देना।

झम्मनलाल-(मुंह फेरकर) आप क्यों न प्रसन्न होंगे, आपको तो पदवी मिलेगी न?

कमलाप्रसाद-(हंसकर) अगर आपका वह कवित्त तैयार हो तो जरा सुनाइए।

दाननाथ जो अब तक चुपचाप बैठे हुए थे बोले-अब आप उनकी निंदा करने की जगह उनकी प्रंशसा कीजिए।

मिस्टर शर्मा-अच्छा, जो हुआ सो हुआ, अब सभा विसर्जन कीजिए, आज यह मालूम हो गया कि अमृतराय अकेले हम सब पर भारी हैं।

कमलाप्रसाद-आपने नहीं सुना, सत्य की सदा जय होती है।

7.

आज से कभी मन्दिर न जाऊँगी

बेचारी पूर्णा, पंडाइन, चौबाइन, मिसराइन आदि के चले जाने के बाद रोने लगी। वह सोचती थी कि हाय। अब मैं ऐसी मनहूस समझी जाती हूँ कि किसी के साथ बैठ नहीं सकती। अब लोगों को मेरी सूरत काटने दौड़ती है। अभी नहीं मालूम क्या-क्या भोगना बदा है। या नारायण। तू ही मुझ दुखिया का बेड़ा पार लगा। मुझ पर न जाने क्या कुमति सवार थी कि सिर में तेल डलवा लियौ। यह निगोड़े बाल न होते तो काहे को आज इतनी फजीहत होती। इन्हीं बातों की सुधि करते-करते जब पंडाइन की यह बात याद आ गयी कि बाबू अमृतराय का रोज-रोज आना ठीक नहीं तब उसने सिर पर हाथ मारकर कहा-वह जब आप ही आप आते है तो मैं कैसे मना कर दूँ। मैं तो उनका दिया खाती हूँ। उनके सिवाय अब मेरी सुधि लेने वाला कौन है। उनसे कैसे कह दूँ कि तुम मत आओ। और फिर उनके आने में हरज ही क्या है। बेचारे सीधेसादे भले मनुष्य हैं। कुछ नंगे नहीं, शोहदे नहीं। फिर उनके आने में क्या हरज है। जब वह और बड़े आदमियों के घर जाते हैं। तब तो लोग उनको आँखों पर बिठाते हैं। मुझ भिखारिन के दरवाजे पर आवे तो मै कौन मुँह लेकर उनको भगा दूँ। नहीं नहीं, मुझसे ऐसा कभी न होगा। अब तो मुझ पर विपत्ति आ ही पड़ी है। जिसके जी में जो आवै कहै।

इन विचारों से छुटटी पाकर वह अपने नियमानुसार गंगा स्नान को चली। जब से पंडित जी का देहाँत हुआ था तब से वह प्रतिदिन गंगा नहाने जाया

करती थी। मगर मुँह अंधेरे जाती और सूर्य निकलते लौट आती। आज इन बिन बुलाये मेहमानों के आने से देर हो गई। थोड़ी दूर चली होगी कि रास्ते में सेठानी की बहू से भेंट हो गई। इसका नाम रामकली था। यह बेचारी दो साल से रँडापा भोग रही थी। आयु १६ अथवा १७ साल से अधिक न होगी। वह अति सुंदरी नख-शिख से दुरूस्त थी। गात ऐसा कोमल था कि देखने वाले देखते ही रह जाते थे। जवानी की उमर मुखड़े से झलक रही थी। अगर पूर्णा पके हुए आम के समान पीली हो रही थी, तो वह गुलाब के फूल की भाँति खिली हुई थी। न बाल में तेल था, न आँखो में काजल, न माँग में सिंदूर, न दाँतो पर मिस्सी। मगर आँखो में वह चंचलता थी, चाल में वह लचक और होठों पर वह मनभावनी लाली थी कि जिससे बनावटी श्रृंगार की जरूरत न रही थी। वह मटकती इधर-उधर ताकती, मुसकराती चली जा रही थी कि पूर्णा को देखते ही ठिठक गयी और बड़े मनोहर भाव से हंसकर बोली-आओ बहिन, आओ। तुम तो जानों बताशे पर पैर धर रही हो।

पूर्णा को यह छेड़-छाड़ की बात बुरी मालूम हुई। मगर उसने बड़ी नर्मी से जवाब दिया-क्या करूं बहिन। मुझसे तो और तेज नहीं चला जाता।

रामकली-सुनती हूँ कल हमारी डाइन कई चुडैलों के साथ तुमको जलाने गयी थी। जानो मुझे सताने से अभी तक जी नहीं भरा। तुमसे क्या कहूँ बहिन, यह सब ऐसा दुख देती हैं कि जी चाहता है माहुर खा लूँ। अगर यही हाल रहा तो एक दिन अवश्य यही होना है। नहीं मालूम, ईश्वर का क्या बिगाड़ा था कि स्वप्न में भी जीवन का सुख न प्राप्त हुआ। भला तुम तो अपने पति के साथ दो वर्ष तक रहीं भी। मैंने तो उसका मुँह भी नहीं देखा। जब तमाम औरतों को बनाव-सिंगार किये हँसी-खुशी चलते-फिरते देखती हूँ तो छाती पर साँप लोटने लगता है। विधवा क्या हो गई, घर भर की लौंडी बना दी गयी।

जो काम कोई न करे, वह मैं करुँ। उस पर रोज उठते जूते, बैठते लात। काजर मत लगाओ। किस्सी मत लगाओ। बाल मत गुँथाओ। रंगीन साड़ियाँ मत पहनो। पान मत खाओ। एक दिन एक गुलाबी साड़ी पहन ली तो चुडैल मारने उठी थी। जी में तो आया कि सर के बाल नोच लूँ मगर विष का घूंट पी के

रह गयी और वह तो वह, उसकी बेटियाँ और दूसरी बहुएँ मुझसे कन्नी काटती फिरती हैं। भोर के समय कोई मेरा मुँह नहीं देखता। अभी पड़ोस मे एक ब्याह पड़ा था। सब की सब गहने से लदलद गाती बजाती गयीं। एक मैं ही अभागिनी घर में पड़ी रोती रही। भला बहिन, अब कहाँ तक कोई छाती पर पत्थर रख ले। आखिर हम भी तो आदमी हैं। हमारी भी तो जवानी है। दूसरों का राग-रंग, हँसी, चुहल देख अपने मन में भी भावना होती है। जब भूख लगे और खाना न मिले तो हार कर चोरी करनी पड़ती है।

यह कहकर रामकली ने पूर्णा का हाथ अपने हाथ में ले लिया और मुस्कराकर धीरे-धीरे एक गीत गुनगुनाने लगी। बेचारी पूर्णा दिल में कुढ़ रही थी कि इसके साथ क्यों लगी। रास्ते में हजारों आदमी मिले। कोई इनकी ओर आँखे फाड़-फाड़ घूरता था, कोई इन पर बोलियाँ बोलता था। मगर पूर्णा सर को ऊपर न उठाती थी। हाँ, रामकली मुसकरा-मुसकरा कर बड़ी चपलता से इधर-उधर ताकती, आँखे मिलाती और छेड़-छाड़ का जवाब देती जाती थी। पूर्णा जब रास्ते में मर्दो को खडे देखती तो कतरा के निकल जाती मगर रामकली बरबस उनके बीच में से घुसकर निकलती थी। इसी तरह चलते चलते दोनो नदी के तट पर पहुँची। आठ बज गये थे। हजारों मर्द स्त्रियाँ, बच्चे नहा रहे थे। कोई पूजा कर रहा था। कोई सूर्य देवता को पानी दे रहा था। माली छोटी-छोटी डालियों में गुलाब, बेला, चमेली के फूल लिये नहाने वालों को दे रहे थे। चारों और जै गंगा, जै गंगा, का शब्द हो रहा था। नदी बाढ़ पर थी। उस मटमैले पानी में तैरते हुए फूल अति सुंदर मालूम होते थे। रामकली को देखते ही एक पंडे ने कहा-इधर सेठानी जी, इधर। पंडा जी महाराज पीताम्बर पहने, तिलक मुद्रा लगाये, आसन मारे, चंदन रगड़ने में जुटे थे। रामकली ने उसके स्थान पर जाकर धोती और कमंडल रख दिया।

पंडा-(घूरकर) यह तुम्हारे साथ कौन है?

रामकली-(आँखे मटकाकर) कोई होंगी तुमसे मतलब। तुम कौन होते हो पूछने वाले?

पंडा-जरा नाम सुन के कान खुश कर लें।

रामकली-यह मेरी सखी हैं। इनका नाम पूर्णा है।

पंडा-(हँसकर) ओहो हो। कैसा अच्छा नाम है। है भी तो पूर्ण चंद्रमा के समान। धन्य भाग्य है कि ऐसे जजमान का दर्शन हुआ।

इतने में एक दूसरा पंडा लाल-लाल आँखे निकाले, कंधे पर लठ रखे, नशे में चूर, झूमता-झामता आ पहुँचा और इन दोनो ललनाओं की ओर घूर कर बोला, 'अरे रामभरोसे,' आज तेरे चंदन का रंग बहुत चोखा है।

रामभरोसे-तेरी आँखे काहे को फूटे हैं। प्रेम की बूटी डाली है जब जा के ऐसा चोखा रंग भया।

पंडा-तेरे भाग्य को धन्य हैं यह रक्त चंदन (रामकली की तरफ देखकर) तो तूने पहले ही रगड़ा रक्खा था। परंतु इस मलयागिर (पूर्णा की तरफ इशारा करके) के सामने तो उसकी शोभा ही जाती रही।

पूर्णा तो यह नोक-झोंक समझ-समझ कर झेंपी जाती थी। मगर रामकली कब चूकनेवाली थे। हाथ मटका कर बोली-ऐसे करमठढ़ियों को थोड़े ही मलयागिर मिला करता है।

रामभरोसे-(पंडा से) अरे बौरे, तू इन बातों का मर्म क्या जाने। दोनों ही अपने-अपने गुण मे चोखे हैं। एक में सुगंध है तो दूसरे में रंग है।

पूर्णा मन में बहुत लज्जित थी कि इसके साथ कहाँ फँस गयी। अब तक वो नहा-धोके घर पहँची होती। रामकली से बोली-बहिन, नहाना हो तो नहाओ, मुझको देर होती है। अगर तुमको देर हो तो मैं अकेले जाऊँ।

रामभरोसे नहीं, जजमान। अभी तो बहुत सबेरा है। आनंदपूर्वक स्नान करो।

पूर्णा ने चादर उतार कर धर दी और साड़ी लेकर नहाने के लिए उतरना चाहती थी कि यकायक बाबू अमृतराय एक सादा कुर्ता पहने, सादी टोपी सर पर रक्खे, हाथ में नापने का फीता लिये चंद ठेकेदारों के साथ आते दिखायी दिये। उनको देखते ही पूर्णा ने एक लंबी घूघंट निकाल ली और चाहा कि सीढ़ियों पर उतर जाऊं, मगर लाज ने उसके पैरों को वहीं बांध दिया। बाबू साहब के सीढ़ियों की लंबाई-चौड़ाई नापना था क्योंकि वह एक जनाना घाट बनवा रहे थे। वह पूर्णा के निकट ही खड़े हो गये। और कागज पेंसिल पर

कुछ लिखने लगे। लिखते-लिखते जब उन्होंने कदम बढ़ाया तो पैर सीढ़ी के नीचे जा पड़ा। करीब था कि वह औंधे मुँह गिरे और चोट-चपेट आ जाय कि पूर्णा ने झपट कर उनको सँभाल लिया। बाबू साहब ने चौंककर देखा तो दाहिना हाथ एक सुंदरी के कोमल हाथों में है। जब तक पूर्णा अपना घूंघट बढ़ावे वह उसको पहचान गये और बोले-प्यारी, आज तुमने मेरी जान बचा ली।

पूर्णा ने इसका कुछ जवाब न दिया। इस समय न जाने क्यों उसका दिल ज़ोर-ज़ोर से धड़क रहा था और आँखों में आँसू भर आये थे। 'हाय! नारायण, जो कहीं वह आज गिर पड़ते तो क्या होता...यही उसका मन बेर बेर कहता। 'मैं भले संयोग से आ गयी थी, वह सिर नीचा किये गंगा की लहरों पर टकटकी लगाये यही बातें गुनती रही। जब तक बाबू साहब खड़े रहे, उसने उनकी ओर एक बेर भी न ताका। जब वह चले गए तो रामकली मुसकराती हुई आयी और बोली-बहिन, आज तुमने बाबू साहब को गिरते-गिरते बचा लिया आज से तो वह और भी तुम्हारे पैरों पर सिर रखेगे।

पूर्णा-(कड़ी निगाहों से देखकर) रामकली ऐसी बातें न करो। आदमी आदमी के काम आता है। अगर मैंने उनको सँभाल लिया तो इसमें क्या बात अनोखी हो गयी।

रामकली-ए लो। तुम तो जरा सी बात पर तिनिक गयीं।

पूर्णा-अपनी-अपनी रूचि है। मुझको ऐसी बातें नहीं भाती।

रामकली-अच्छा अपराध क्षमा करो। अब सरकार से दिल्लगी न करूँगी। चलो तुलसीदल ले लो।

पूर्णा-नहीं, अब मै यहाँ न ठहरूँगी। सूरज माथे पर आ गया।

रामकली-जब तक इधर उधर जी बहले अच्छा है। घर पर तो जलते अंगारों के सिवाय और कुछ नहीं।

जब दोनों नहाकर निकलीं तो फिर पंडो ने छेड़ना चाहा, मगर पूर्णा एकदम भी न रूकी। आखिर रामकली ने भी उसका साथ छोड़ना उचित न समझा। दोनो थोड़ी दूर चली होगीं। कि रामकली ने कहा-क्यों बहिन, पूजा करने न चलोगी?

पूर्णा नहीं सखी, मुझे बहुत देर हो जायगी।

रामकली–आज तुमको चलना पड़ेगा। तनिक देखो तो कैसे विहार की जगह है। अगर दो चार दिन भी जाओ तो फिर बिना नित्य गये जी न माने।

पूर्णा–तुम जाव, मैं न जाऊँगी। जी नहीं चाहता।

रामकली–चलो चलो, बहुत इतराओ मत। दम की दम में तो लौटे आते हैं।

रास्ते में एक तंबोली की दुकान पड़ी। काठ के पटरों पर सफेद भीगे हुए कपड़े बिछे थे। उस पर भाँति-भाँति के पान मसालों की खूबसूरत डिबियाँ, सुगंध की शीशियाँ, दो-तीन हरे-हरे गुलदस्ते सजा कर धरे हुए थे। सामने ही दो बड़े-बड़े चौखटेदार आईने लगे हुए थे। पनवाड़ी एक सजीला जवान था। सर पर दोपल्ली टोपी चुनकर टेडी दे रक्खी थी। बदन में तंजेब का फँसा हुआ कुर्ता था। गले में सोने की तावीजें। आँखो में सुर्मा, माथे पर रोरी, ओठों पर पान की गहरी लाली। इन दोनों स्त्रियों को देखते ही बोला–सेठानी जी, पान खाती जाव।

रामकली ने चट सर से चादर खिसका दी और फिर उसको एक अनुपम भाव से ओढकर हंसते हुए नयनों से बोली–अभी प्रसाद नहीं पाया'।

पनवाड़ी–आवो। आवो। यह भी तो प्रसाद ही है। संतों के हाथ की चीज प्रसाद से बढ़कर होती है। यह आज तुम्हारे साथ कौन शक्ति है?

रामकली–यह हमारी सखी है।

तम्बोली–बहुत अच्छा जोड़ा है। धन्य भाग्य, जो दर्शन हुआ।

रामकली दुकान पर ठमक गयी और शीशे में देख-देख अपने बाल सँवारने लगी। उधर पनवाड़ी ने चाँदी के वरक लपेटे हुए बीड़े फुरती से बनाये और रामकली की तरफ हाथ बढ़ाया। जब वह लेने को झुकी तो उसने अपना हाथ खींच लिया और हँसकर बोला–तुम्हारी सखी लें तो दें।

रामकली–मुँह बनवा आओ, मुँह। (पान लेकर) लो, सखी, पान खाव।

पूर्णा–मैं न खाऊँगी।

रामकली-तुम्हारी क्या कोई सास बैठी है जो कोसेगी। मेरी तो सास मना करती है। मगर मैं उस पर भी प्रतिदिन खाती हूँ।

पूर्णा-तुम्हारी आदत होगी, मैं पान नहीं खाती।

रामकली-आज मेरी खातिर से खाव। तुम्हें कसम है।

रामकली ने बहुत हठ की, मगर पूर्णा ने गिलौरियाँ न लीं। पान खाना उसने सदा के लिए त्याग दिया था। इस समय तक धूप बहुत तेज हो गयी थी। रामकली से बोली-किधर है तुम्हारा मंदिर? वहाँ चलते-चलते तो सांझ हो जायगी।

रामकली-अगर ऐसे दिन कटा जाता तो फिर रोना काहे का था।

पूर्णा चुप हो गयी। उसको फिर बाबू अमृतराय के पैर फिसलने का ध्यान आ गया और फिर मन में यह प्रश्न किया कि कहीं आज वह गिर पड़ते तो क्या होता। इसी सोच में थी कि निदान रामकली ने कहा-लो सखी, आ गया मंदिर।

पूर्णा ने चौंककर दाहिनी ओर जो देखा तो एक बहुत ऊँचा मंदिर दिखायी दिया। दरवाजे पर दो बड़े-बड़े पत्थर के शेर बने हुए थे। और सैकड़ों आदमी भीतर जाने के लिए धक्कम-धक्का कर रहे थे। रामकली पूर्णा को इस मंदिर में ले गयी। अंदर जाकर क्या देखती है कि पक्का चौड़ा आँगन है, जिसके सामने से एक अँधेरी और सँकरी गली देवी जी के धाम को गयी है। दाहिनी ओर एक बारादरी है जो अति उत्तम रीति पर सजी हुई है। यहाँ एक युवा पुरूष पीला रेशमी कोट पहने, सर पर खूबसूरत गुलाबी रंग की पगड़ी बाँधे, तकिया-मसनद लगाये बैठा है। पेचवान लगा हुआ है। उगालदान, पानदान और नाना प्रकार की सुंदर वस्तुओं से सारा कमरा भूषित हो रहा है। उस युवा पुरुष के सामने एक सुधर कामिनी सिंगार किये विराज रही है। उसके इधर-उधर सपरदाये बैठे हुए स्वर मिला रहे हैं। सैकड़ो आदमी बैठे और सैकड़ों खड़े हैं। पूर्णा ने यह रंग देखा तो चौंककर बोली-सखी, यह तो नाचघर सा मालूम होता है। तुम कहीं भूल तो नहीं गयीं?

रामकली-(मुस्कराकर) चुप। ऐसा भी कोई कहता है। यही तो देवी जी का मंदिर है। वह बरादरी में महंत जी बैठे हैं। देखती हो कैसा रँगीला जवान है।

आज शुक्रवार है, हर शुक्र को यहाँ रामजनी का नाच होता है।

इस बीच में एक ऊँचा आदमी आता दिखायी दिया। कोई छः फुट का कद था। गोरा-चिट्टा, बालों में कंधी की हुई, मुँह पान से भरे, माथे पर विभूति रमाये, गले में बड़े-बड़े दानों की रूद्राक्ष की माला पहने कंधे पर एक रेशमी दोपट्टा रक्खे, बड़ी-बड़ी और लाल आँखों से इधर-उधर ताकता इन दोनों स्त्रियों के समीप आकर खड़ा हो गया। रामकली ने उसकी तरफ कटाक्ष से देखकर कहा-क्यों बाबा इन्द्रवत कुछ परशाद-वरशाद नहीं बनाया?

इन्द्र-तुम्हारी खातिर सब हाजिर है। पहले चलकर नाच तो देखो। यह कंचनी काश्मीर से बुलायी गयी है। महंत जी बेढब रीझे हैं, एक हजार रूपया इनाम दे चुके हैं।

रामकली ने यह सुनते ही पूर्णा का हाथ पकड़ा और बारादरी की ओर चली। बेचारी पूर्णा जाना न चाहती थी। मगर वहाँ सबके सामने इनकार करते भी बन न पड़ता था। जाकर एक किनारे खड़ी हो गयी। सैकड़ों औरतें जमा थीं। एक से एक सुन्दर गहने लदी हुई। सैकड़ो मर्द थे, एक से एक गबरू ,उत्तम कपड़े पहने हुए। सब के सब एक ही में मिले-जुले खड़े थे। आपस में बोलियाँ बोली जाती थीं, आँखे मिलायी जाती थी, औरतें मर्दो में मरद औरतों में। यह मेलजोल पूर्णा को न भाया। उसका हियाव न हुआ कि भीड़ में घुसे। वह एक कोने में बाहर ही दुबक गयी। मगर रामकली अन्दर घुसी और वहाँ कोई आध घण्टे तक उसने खूब गुलछरें उड़ाये। जब वह निकली तो पसीने में डूबी हुई थी। तमाम कपड़े मसल गये थे।

पूर्णा ने उसे देखते ही कहा-क्यों बहिन, पूजा कर चुकीं? अब भी घर चलोगी या नहीं?

रामकली-(मुस्कराकर) अरे, तुम बाहर खडी रह गयीं क्या? जरा अन्दर चलके देखो क्या बहार है? ईश्वर जाने कंचनी गाती क्या है, दिल मसोस लेती है।

पूर्णा-दर्शन भी किया या इतनी देर केवल गाना ही सुनती रहीं?

रामकली-दर्शन करने आती है मेरी बला। यहाँ तो दिल बहलाने से काम है। दस आदमी देखें दस आदमियों से हँसी दिल्लगी की, चलो मन आन हो गया। आज इन्द्रदत्त ने ऐसा उत्तम प्रसाद बनाया है कि तुमसे क्या बखान करूँ।

पूर्णा -क्या है ,चरणामृत?

रामकली-(हँसकर) हाँ, चरणामृत में बूटी मिला दी गयी है।

पूर्णा-बूटी कैसी?

रामकली-इतना भी नहीं जानती हो, बूटी भंग को कहते हैं।

पूर्णा-ऐहै! तुमने भंग पी ली।

रामकली-यही तो प्रसाद है देवी जी का। इसके पीने में क्या हर्ज है। सभी पीते हैं। कहो तो तुमको भी पिलाऊँ।

पूर्णा-नहीं बहिन, मुझे क्षमा करो।

इधर यही बातें हो रही थी कि दस-पंद्रह आदमी बारादरी से आकर इनके आसपास खड़े हो गये।

एक-(पूर्णा की तरफ घूरकर) अरे यारो, यह तो कोई नया स्वरूप है।

दूसरा-जरा बच के चलो, बचकर।

इतने में किसी ने पूर्णा के कंधे से धीरे से एक ठोका दिया। अब वह बेचारी बड़े फेर में पड़ी। जिधर देखती है आदमी ही आदमी दिखायी देते हैं। कोई इधर से हंसता है कोई उधर से आवाजें कसता है। रामकली हँस रही है। कभी चादर को खिसकाती है। कभी दोपट्टे को सँभालती है। एक आदमी ने उससे पूछा-सेठानी जी, यह कौन है?

रामकली-यह मेरी सखी है, जरा दर्शन कराने को लायी थी।

दूसरा इन्हें अवश्य लाया करो। ओ हो! कैसा खुलता हुआ रंग है।

बारे किसी तरह इन आदमियों से छुटकारा हुआ। पूर्णा घर की ओर भागी और कान पकड़े कि आज से कभी मंदिर न जाऊँगी।

8.

कुछ और बातचीत

पूर्णा ने कान पकड़े कि अब मंदिर कभी न जाऊगी। ऐसे मंदिरों पर दई का कोप भी नहीं पड़ता। उस दिन से वह सारे दिन घर ही पर बैठी रहती। समय काटना पहाड़ हो जाता। न किसी के यहाँ आना न जाना। न किसी से भेंट न मुलाकात। न कोई काम न धंधा। दिन कैसे कटे। पढ़ी-लिखी तो अवश्य थी, मगर पढ़े क्या। दो-चार किस्से-कहानी की पुरानी किताबें पंडित जी की संदूक में पड़ी हुई थीं, मगर उनकी तरफ देखने को अब जी नहीं चाहता था। कोई ऐसा न था जो बाजार से लाती, मगर वह किताबों का मोल क्या जाने। दो-एक बार जी में आया कि कोई पुस्तक प्रेमा के घर से मँगवाये। मगर फिर कुछ समझकर चुप हो रही। बेल-बूटे बनाना उसको आते ही न थे। कि उससे जी बहलाये, हाँ सीना आता था। मगर सीये किसके कपड़े। नित्य इस तरह बेकाम बैठे रहने से वह हरदम कुछ उदास सी रहा करती। हाँ, कभी-कभी पंडाइन और चौबाइन अपने चेले-चापड़ों के साथ आकर कुछ सिखावन की बातें सुना जाती थीं। मगर जब कभी वह कहती कि बाबू अमृतराय का आना ठीक नहीं तो पूर्णा साफ-साफ कह देती कि मैं उनको आने से नहीं रोक सकती और न कोई ऐसा बर्ताव कर सकती हूँ जिससे वह समझें कि मेरा आना इसको बुरा लगता है। सच तो यह है कि पूर्णा के हदय में अब अमृतराय के लिए प्रेम का अंकुर जमने लगा था। यद्यपि वह अभी तक यही समझती थी कि अमृतराय यहाँ दया की राह से आया करते हैं। मगर नहीं

मालूम क्यों, वह उनके आने का एक-एक दिन गिना करती। और जब इतवार आता तो सबेरे ही से उनके शुभागमन की तैयारियाँ होने लगतीं। बिल्लो बड़े प्रेम से सारा मकान साफ करती। कुर्सियाँ और तस्वीरों पर से सात दिन की जमी हुई धूल-मिटटी दूर करती। पूर्णा खुद भी अच्छे और साफ कपड़े पहनती। अब उसके दिल मे आप ही आप बनाव-सिंगार करने की इच्छा होती थी। मगर दिल को रोकती। जब बाबू अमृतराय आ जाते तो उसका मलिन मुख कुंदन की तरह दमकने लगता। उसकी प्यारी सूरत और भी अधिक प्यारी मालूम होने लगती। जब तक बाबू साहब रहते उसे अपना घर भरा मालूम होता। वह इसी कोशिश में रहती कि ऐसी क्या बात करूँ जिसमें वह प्रसन्न होकर घर को जावें। बाबू साहब ऐसे हँसमुख थे कि रोते को भी एक बार हँसा देते। यहाँ वह खूब बुलबुल की तरह चहकते। कोई ऐसी बात न कहते जिससे पूर्णा दुःखी हो।

जब उनके चलने का समय आता तो वह कुछ उदास हो जाती। बाबू साहब इसे ताड़ जाते और पूर्णा की खातिर से कुछ देर और बैठते। इसी तरह कभी-कभी घंटों बीत जाते। जब दिया में बत्ती पड़ने की बेला आती तो बाबू साहब चले जाते। पूर्णा कुछ देर तक इधर-उधर बौखलाई हुई घूमती। जो-जो बातें हुई होतीं, उनको मन में दोहराती। यह समय उस आनंददायक स्वप्न-सा जान पड़ता था, जो आँख के खुलते ही बिलाय जाता है।

इसी तरह कई मास और बीत गये और आखिर जो बात अमृतराय के मन में थी वह पूरी हो गयी। अर्थात पूर्णा को अब मालूम होने लगा कि मेरे दिल में उनकी मुहब्बत समाती जाती है और उनका दिल भी मेरी मुहब्बत से खाली नहीं। अब पूर्णा पहले से ज्यादा उदास रहने लगी। हाय! ओ बौरे मन। क्या एक बार प्रीति लगाने से तेरा जी नहीं भरा, जो तू फिर यह रोग पाल रहा है। तुझे कुछ मालूम है कि इस रोग की औषधि क्या है? जब तू यह जानता है तो फिर क्यों, किस आशा पर यह स्नेह बढ़ा रहा है और बाबू साहब। तुमको क्या कहना मंजूर है? तुम क्या करने पर आये हो? तुम्हारे जी में क्या है? क्या तुम नहीं जानते कि यह अग्नि धधकेगी तो फिर बुझाये न बुझेगी? मुझमें ऐसा कौन-सा गुण है? कहाँ की बड़ी सुंदरी हूँ जो तुम प्रेमा, प्यारी प्रेमा, को त्यागे

देते हो? वह बेर-बेर मुझको बुलाती है। तुम्हीं बताओ, कौन मुँह लेकर उसके पास जाऊँ और तुम तो आग लगाकर दूर से तमाशा देखोगे। इसे बुझायेगा कौन? बेचारी पूर्णा इन्हीं विचारों में डूबी रहती। बहुत चाहती कि अमृतराय का ख्याल न आने पावे, मगर कुछ बस न चलता।

अपने दिल का परिचय उसको एक दिन यों मिला कि बाबू अमृतराय नियत समय पर नहीं आये। थोड़ी देर तक तो वह उनकी राह देखती रही मगर जब वह अब भी न आये तब तो उसका दिल कुछ मसोसने लगा। बड़ी व्याकुलता से दौड़ी हुई दरवाजे पर आयी और आध घंटे तक कान लगाये खड़ी रही, फिर भीतर आयी और मन मारकर बैठ गयी। चित्त की कुछ वही अवस्था होने लगी जो पंडित जी के दौरे पर जाने के वक्त हुआ करती। शंका हुई कि कहीं बीमार तो नहीं हो गये। महरी से कहा-बिल्लो, जरा देखो तो बाबू साहब का जी कैसा है? नहीं मालूम क्यों मेरा दिल बैठा जाता है। बिल्लो लपकी हुई बाबू साहब के बँगले पर पहुँची तो ज्ञात हुआ कि वह आज दो-तीन नौकरों को साथ लेकर बाजार गये हुए है। अभी तक नहीं आये। पुराना बूढ़ा कहार आधी टाँगों तक धोती बाँधे सर हिलाता हुआ आया और कहने लगा-बेटा बड़ा खराब जमाना आवा है। हजार का सउदा होय तो, दुइ हजार का सउदा होय तो हमही लै आवत रहेन। आज खुद आप गये हैं। भला इतने बड़े आदमी का अस चाहत रहा। बाकी फिर सब अंग्रेजी जमाना आया है। अंग्रेजी पढ़-पढ़ के जउन न हो जाय तउन अचरज नहीं। बिल्लो बूढे हाँ कर के सर हिलाने पर हँसती हुई घर को लौटी। इधर जब से वह आयी थी पूर्णा की विचित्र दशा हो रही थी। विकल हो-होकर कभी भीतर जाती, कभी बाहर आती। किसी तरह चैन ही न आता। जान पड़ता कि बिल्लो के आने में देर हो रही है। कि इतने में जूते की आवाज सुनायी दी। वह दौड़ कर द्वार पर आयी और बाबू साहब को टहलते हुए पाया तो मानो उसको कोई धन मिल गया। झटपट भीतर से किवाड़ खोल दिया। कुर्सी रख दी और चौखट पर सर नीचा करके खड़ी हो गयी।

अमृतराय-बिल्लो कहीं गयी है क्या?

पूर्णा-(लजाते हुए) हाँ, आप ही के यहाँ तो गयी है।

अमृतराय-मेरे यहाँ कब गयी? क्यों कुछ जरूरत थी?

पूर्णा-आपके आने में विलंब हुआ तो मैंने सोचा शायद जी न अच्छा हो। उसको देखने के लिए भेजा।

अमृतराय-(प्यार से देखकर) बीमारी चाहे कैसी ही हो, वह मुझे यहाँ आने से नहीं रोक सकती। जरा बाजार चला गया था। वहाँ देर हो गयी।

यह कहकर उन्होंने एक दफे ज़ोर से पुकारा, 'सुखई, अंदर आओ और दो आदमी कमरे में दाखिल हुए। एक के हाथ मे एक संदूक था और दूसरे के हाथ में तह किये हुए कपड़े। सब सामान चौकी पर रख दिया गया। बाबू साहब बोले-पूर्णा, मुझे पूरी आशा है कि तुम दो चार मामूली चीजें लेकर मुझे कृतार्थ करोगी। (हंसकर) यह देर में आने का जुर्माना है।

पूर्णा अचम्भे में आ गई। यह क्या। यह तो फिर वही स्नेह बढ़ाने वाली बात है। और इनको खरीदने के लिए आप ही बाजार गये थे। अमृतराय! तुम्हारे दिल में जो है वह मैं जानती हूँ। मेरे दिल में जो है वह तुम भी जानते हो। मगर इसका नतीजा? इसमें संदेह नहीं कि इन चीजों की पूर्णा को बहुत जरूरत थी। पंडित जी की मोल ली हुई साड़ियाँ अब तक लंगे तंगे चली थी। मगर अब पहनने को कोई कपड़े न थे। उसने सोचा था कि अब की जब बाबू साहब के यहा से मासिक तनख्वाह मिलेगी तो मामूली साड़ियाँ मगा लूँगी। उसे यह क्या मालूम था कि बीच में बनारसी और रेशमी साड़ियों का ढेर लग जायगा। पहिले तो वह स्त्रियों की स्वाभाविक अत्यभिलाषा से इन चीजों को देखने लगी मगर फिर यह चेत कर कि मेरा इस तरह चीजों पर गिरना उचित नहीं है वह अलग हट गयी और बोली-बाबू साहब। इस अनुग्रह के लिए मैं आपको धन्यवाद देती हूँ, मगर यह भारी-भारी जोड़े मेरे किस काम के। मेरे लिए मोटी-झोरी साड़ियाँ चाहिए। मैं इन्हे पहनूँगी तो कोई क्या कहेगा।

अमृतराय-तुमने ले लिया। मेरी मेहनत ठिकाने लगी, और मैं कुछ नहीं जानता।

इतने में बिल्लो पहुँची और कमरे में बाबू साहब को देखते ही निहाल हो गयी। जब चौकी पर दृष्टि पड़ी और इन चीजों को देखा तो बोली-क्या

इनके लिए आप बाजार गये थे। बूढा कहार रो रहा था कि मेरी दस्तूरी मारी गयी।

अमृतराय (दबी जबान से) वह सब कहार मेरे नौकर हैं। मेरे लिए बाजार से चीजें लाते हैं। तुम्हारे सरकार का मै चाकर हूँ।

बिल्लो यह सुनकर मुसकराती हुई भीतर चली गई। पूर्णा के कान में भी भनक पड़ गयी थी। बोली-उलटी बात न कहिए। मैं तो खुद आपकी चेरियों की चेरी हूँ। इसके बाद इधर-उधर की कुछ बातें हुई। माघ-पूस के दिन थे, सरदी खूब पड़ रही थी। बाबू साहब देर तक न बैठ सके और आठ बजते बजते वह अपने घर को सिधारे। उनके चले जाने के बाद पूर्णा ने जो संदूक खोला तो दंग रह गयी। स्त्रियो के सिंगार की सब सामग्रियाँ मौजूद थीं और जो चीज थी सुंदर और उत्तम थी। आइना, कंघी, सुगंधित तेलों की शीशियाँ, भाँति-भाँति के इत्र, हाथों के कंगन, गले का चंद्रहार, जड़ाऊ, एक रूपहला पानदान, लिखने पढने के सामान से भरी एक संदूकची, किस्से-कहानी की किताबें, इनके अतिरिक्त और भी बहुत-सी चीजें बड़ी उत्तम रीति से सजाकर धरी हुई थीं। कपड़ो का बेठन खोला तो अच्छी से अच्छी सारियाँ दिखायी दीं। शर्बती, धानी, गुलाबी, उन पर रेशम के बेल बूटे बने हुए। चादरें भारी सुनहरे काम की। बिल्लो इन चीजों को देख-देख फूली न समाती थी। बोली-बहू यह सब चीजें तुम पहनोगी तो रानी हो जाओगी-रानी।

पूर्णा-(गिरी हुई आवाज में) कुछ भंग खा गयी हो क्या बिल्लो। यह चीजें पहनूँगी तो जीती बचूँगी। चौबाइन और सेठानी ताने दे देकर जान ले लेंगी।

बिल्लो-ताने क्या देंगी, कोई दिल्लगी है। इसमें उनके बाप का क्या इजारा।

कोई उनसे माँगने जाता है।

पूर्णा ने महरी को आश्चर्य की आँखो से देखा। यही बिल्लो है जो अभी दो घंटे पहले चौआइन और पंडाइन से सम्मति करती थी और मुझे बेर-बेर पहनने ओढ़ने से बर्जा करती थी। यकायक यह क्या कायापलट हो गयी। बोली-कुछ संसार के कहने की भी तो लाज है।

बिल्लो–मै यह थोड़ा ही कहती हूँ कि हरदम यह चीजें पहना करों। जब बाबू साहब आवें थोड़ी देर के लिए पहन लिया।

पूर्णा(लजाकर)–यह सिंगार करके मुझसे उनके सामने क्योंकर निकला जायगा। तुम्हें याद है एक बेर प्रेमा ने मेरे बाल गूंध दिये थे। तुमसे क्या कहूँ। उस दिन वह मेरी तरफ ऐसा ताकते थे जैसे कोई किसी पर जादू करे। नहीं मालूम क्या बात है कि उसी दिन से वह जब कभी मेरी ओर देखते हैं तो मेरी छाती–धड़–धड़ करने लगती है। मुझसे जान–बूझकर फिर ऐसी भूल न होगी।

बिल्लो–बहू, उनकी मरजी ऐसी ही है तो क्या करोगी, इन्हीं चीजों के लिए कल वह बाजार गये थे। सैकड़ो नौकर–चाकर हैं मगर इन्हें आप जाकर लाये। तुम इनको न पहनोगी तो वह अपने दिल में क्या कहेंगे।

पूर्णा–(आँखो में आँसू भरकर) बिल्लो। बाबू अमृतराय नहीं मालूम क्या करने वाले हैं। मेरी समझ में नहीं आता कि क्या करूँ। वह मुझसे दिन–दिन अधिक प्रेम बढ़ाते जाते हैं और मैं अपने दिल को क्या कहूँ, तुमसे कहते लज्जा आती है। वह अब मेरे कहने में नहीं रहा। मोहल्ले वाले अलग बदनाम कर रहे हैं। न जाने ईश्वर को क्या करना मंजूर है।

बिल्लो ने इसका कुछ जवाब न दिया। पूर्णा ने भी उस दिन खाना न बनाया। सांझ ही से जाकर चारपाई पर लेट रही। दूसरे दिन सुबह को उठकर उसने वह किताबें पढ़ना शुरू कीं, जो बाबू साहब लाये थे। ज्यों–ज्यों वह पढ़ती उसको ऐसा मालूम होता कि कोई मेरी ही दु:ख की कहानी कह रहा है। इनके पढ़ने में जो जी लगा तो इतवार का दिन आया। दिन निकलते ही बिल्लो ने हँसकर कहा–आज बाबू साहब के आने का दिन है।

पूर्णा–(अनजान बनकर) फिर?

बिल्लो–आज तुमको जरूर गहने पहनने पड़ेंगे।

पूर्णा–(दबी आवाज से) आज तो मेरे सर में पीड़ा हो रही है।

बिल्लो–आज, तुम्हारे बैरी का सर दर्द करे। इस बहाने से पीछा न छूटेगा।

पूर्णा–और जो किसी ने मुझे ताना दिया तो तू जानना।

बिल्लो-ताना कौन राँड देगी।

सबेरे ही से बिल्लो ने पूर्णा का बनाव-सिंगार करना शुरू किया। महीनों से सर न मला गया था। आज सुगंधित मसाले से मला गया, तेल डाला गया, कंघी की गयी, बाल गूंथे गये और जब तीसरे पहर को पूर्णा ने गुलाबी कुर्ती पहनकर उस रेशमी काम की शर्बती सारी पहनी, गले में हार और हाथों में कंगन सजाये तो सुंदरता की मूर्ति मालूम होने लगी। आज तक कभी उसने ऐसे रत्न जड़ित गहने और बहुमूल्य कपड़े न पहने थे और न कभी ऐसी सुघर मालूम हुई थी। वह अपने मुखारविंद को आप देख-देख कुछ प्रसन्न भी होती थी, कुछ लजाती भी थी और कुछ सोच भी करती थी। जब साँझ हुई तो पूर्णा कुछ उदास हो गयी। जिस पर भी उसकी आँखे दरवाजे पर लगी हुई थीं और वह चौंक कर ताकती थी कि कहीं अमृतराय तो नहीं आ गये। पाँच बजते बजते और दिनों से सबेरे बाबू अमृतराय आये। कमरे में बैठे, बिल्लो से कुशलानंद पूछा और ललचायी हुई आँखो से अंदर के दरवाजे की तरफ ताकने लगे। मगर वहाँ पूर्णा न थीं, कोई दस मिनट तक तो उन्होंने चुपचाप उसकी राह देखी, मगर जब अब भी न दिखायी दी तो बिल्लो से पूछा-क्यों महरी, आज तुम्हारी सरकार कहाँ है?

बिल्लो-(मुस्कराकर) घर ही में तो है।

अमृतराय-तो आयी क्यों नहीं। क्या आज कुछ नाराज है क्या?

बिल्लो-(हँसकर) उनका मन जाने।

अमृतराय-जरा जाकर लिवा जाओ। अगर नाराज हों तो चलकर मनाऊँ।

यह सुनकर बिल्लो हँसती हुई अंदर गई और पूर्णा से बोली-बहू, उठोगी या वह आप ही मनाने आते हैं।

पूर्णा-बिल्लो, तुम्हारे हाथ जोड़ती हूँ, जाकर कह दो, बीमार है।

बिल्लो-बीमारी का बहाना करोगी तो वह डाक्टर को लेने चले जायेंगे।

पूर्णा-अच्छा, कह दो, सो रही हैं।

बिल्लो-तो क्या वह जगाने न आएँगे?

पूर्णा-अच्छा बिल्लो, तुम ही कोई बहाना कर दो जिससे मुझे जाना न पड़े।

बिल्लो–मैं जाकर कहे देती हूँ कि वह आपको बुलाती हैं।

पूर्णा को कोई बहाना न मिला। वह उठी और शर्म से सर झुकाये, घूंघट निकाले, बदन को चुराती, लजाती, बल खाती, एक गिलौरीदान लिये दरवाजे पर आकर खड़ी हो गई। अमृतराय ने देखा तो अचम्भे में आ गये। आँखे चौधिया गयीं।

एक मिनट तक तो वह इस तरह ताकते रहे जैसे कोई लड़का खिलौने को देखे। इसके बाद मुस्कराकर बोले–ईश्वर, तू धन्य है।

पूर्णा–(लजाती हुई) आप कुशल से थे?

अमृतराय–(तिरछी निगाहों से देखकर) अब तक तो कुशल से था, मगर अब खैरियत नहीं नजर आती।

पूर्णा समझ गयी, अमृतराय की रंगीली बातों का आनंद लेते–लेते वह बोलने में निपुण हो गयी थी। बोली–अपने किये का क्या इलाज?

अमृतराय–क्या किसी को अपनी जान से बैर है।

पूर्णा ने लजाकर मुँह फेर लिया। बाबू साहब हँसने लगे और पूर्णा की तरफ प्यार की निगाहों से देखा। उसकी रसिक बातें उनको बहुत भाईं, कुछ काल तक और ऐसी ही रस भरी बातें होती रहीं। पूर्णा को इस बात की सुधि भी न थी कि मेरा इस तरह बोलना–चालना मेरे लिए उचित नहीं है। उसको इस वक्त न पंडाइन का डर था, न पड़ोसियों का भय। बातों ही बातों में उसने मुसकराकर अमृतराय से पूछा–आपको आजकल प्रेमा का कुछ समाचार मिला है?

अमृतराय–नहीं पूर्णा, मुझे इधर उनकी कुछ खबर नहीं मिली। हाँ, इतना जानता हूँ कि बाबू दाननाथ से ब्याह की बातचीत हो रही है।

पूर्णा–बाबू दाननाथ तो आपके मित्र हैं?

अमृतराय–मित्र भी हैं और प्रेमा के योग्य भी हैं।

पूर्णा–यह तो मैं न मानूंगी। उनका जोड़ है तो आप ही से है। हाँ, आपका ब्याह भी तो कहीं ठहरा था?

अमृतराय–हाँ, कुछ बातचीत हो रही थी।

पूर्णा–कब तक होने की आशा है?

अमृतराय–देखें, अब कब भाग्य जागता है। मैं तो बहुत जल्दी मचा रहा हूँ।

पूर्णा–तो क्या उधर ही से खिंचाव है। आश्चर्य की बात है।

अमृत–नहीं पूर्णा, मै जरा भाग्यहीन हूँ। अभी तक सिवाय बातचीत होने के और कोई बात तय नहीं हुई।

पूर्णा–(मुसकराकर) मुझे अवश्य नेवता दीजिएगा।

अमृतराय–तुम्हारे ही हाथों में तो सब कुछ है। अगर तुम चाहो तो मेरे सर सेहरा बहुत जल्द बंध जाए।

पूर्णा भौंचक होकर अमृतराय की ओर देखने लगी। उनका आशय अब की बार भी वह न समझी। बोली–मेरी तरफ से आप निश्चिंत रहिए। मुझसे जहाँ तक हो सकेगा, उठा न रखूँगी।

अमृतराय–इन बातों को याद रखना, पूर्णा, ऐसा न हो भूल जाओ तो मेरे सब अरमान मिटटी में मिल जाएँ।

यह कहकर बाबू अमृतराय उठे और चलते समय पूर्णा की ओर देखा। उसकी आँखे डबडबायी हुई थीं, मानो विनय कर रही थीं कि जरा देर और बैठिए। मगर अमृतराय को कोई जरूरी काम था। धीरे से उठ खड़े हुए और बोले–जी तो नही चाहता कि यहाँ से जाऊँ। मगर आज कुछ काम ही ऐसा आ पड़ा। यह कहा और चल दिये। पूर्णा खड़ी रोती रह गई।

9.

तुम सचमुच जादूगर हो

नौ बजे रात का समय था। पूर्णा अँधेरे कमरे में चारपाई पर लेटी हुई करवटें बदल रही है और सोच रही हैं आखिर वह मुझसे क्या चाहते हैं? मैं तो उनसे कह चुकी कि जहाँ तक मुझसे हो सकेगा, आपका कार्य सिद्ध करने में कोई बात उठा न रखूँगी। फिर वह मुझसे कितना प्रेम बढ़ाते हैं। क्यों मेरे सर पर पाप की गठरी लादते है, मैं उनकी इस मोहनी सूरत को देखकर बेबस हुई जाती हूँ।

मैं कैसे दिल को समझाऊँ? वह तो प्रेम रस पीकर मतवाला हो रहा है। ऐसा कौन होगा जो उनकी जादूभरी बातें सुनकर रीझ न जाय? हाय! कैसा कोमल स्वभाव है। आँखे कैसी रस से भरी हैं। मानो हदय में चुभी जाती हैं।

आज वह और दिनों से अधिक प्रसन्न थे। कैसे रह-रहकर मेरी और ताकते थे। आज उन्होंने मुझे दो-तीन बार 'प्यारी पूर्णा' कहा। कुछ समझ में नहीं आता कि क्या करनेवाले हैं? नारायण। वह मुझसे क्या चाहते हैं। इस मोहब्बत का अंत क्या होगा।

यही सोचते-सोचते जब उसका ध्यान परिणाम की ओर गया तो मारे शर्म के पसीना आ गया। आप ही आप बोल उठी।

न......न। मुझसे ऐसा न होगा। अगर यह व्यवहार उनका बढ़ता गया तो मेरे लिए सिवाय जान दे देने के और कोई उपाय नहीं है। मैं जरूर जहर खा लूँगी। नही-नहीं, मै भी कैसी पागल हो गयी हूँ। क्या वह कोई ऐसे वैसे

आदमी हैं। ऐसा सज्जन पुरूष तो संसार में न होगा। मगर फिर यह प्रेम मुझसे क्यों लगाते है। क्या मेरी परीक्षा लेना चाहते हैं? बाबू साहब, ईश्वर के लिए ऐसा न करना। मैं तुम्हारी परीक्षा में पूरी न उतरूँगी।

पूर्णा इसी उधेड़-बुन में पड़ी थी कि नींद आ गयी। सबेरा हुआ। अभी नहाने जाने की तैयारी कर रही थी कि बाबू अमृतराय के आदमी ने आकर बिल्लो को ज़ोर से पुकारा और उसे एक बंद लिफाफा और एक छोटी सी संदूकची देकर अपनी राह लगा। बिल्लो ने तुरंत आकर पूर्णा को यह चीजें दिखायीं।

पूर्णा ने काँपते हुए हाथों से खत लिया। खोला तो यह लिखा था

'प्राणप्यारी से अधिक प्यारी पूर्णा।'

जिस दिन से मैंने तुमको पहले-पहल देखा था, उसी दिन से तुम्हारे रसीले नैनों के तीर का घायल हो रहा हूँ और अब घाव ऐसा दुःखदायी हो गया है कि सहा नहीं जाता। मैंने इस प्रेम की आग को बहुत दबाया। मगर अब वह जलन असह्य हो गयी है। पूर्णा, विश्वास मानो, मैं तुमको सच्चे दिल से प्यार करता हूँ। तुम मेरे हदय कमल के कोष की मालिक हो। उठते-बैठते तुम्हारा मुसकराता हुआ चित्र आँखों के सामने फिरा करता है। क्या तुम मुझ पर दया न करोगी? मुझ पर तरस न खाओगी? प्यारी पूर्णा! मेरी विनय मान जाओ। मुझको अपना दास, अपना सेवक बना लो। मैं तुमसे कोई अनुचित बात नहीं चाहता। नारायण! कदापि नहीं, मै तुमसे शास्त्रीय रीति पर विवाह करना चाहता हूँ। ऐसा विवाह तुमको अनोखा मालूम होगा। तुम समझोगी, यह धोखे की बात है। मगर सत्य मानो, अब इस देश में ऐसे विवाह कहीं-कहीं होने लगे हैं। मैं तुम्हारे विरह में मर जाना पसंद करूँगा, मगर तुमको धोखा न दूँगा।

'पूर्णा, नहीं मत करो। मेरी पिछली बातों को याद करो। अभी कल ही जब मैंने कहा कि 'तुम चाहो तो मेरे सर बहुत जल्द सेहरा बँध सकता है। तब तुमने कहा था कि 'मै भर शक्ति कोई बात उठा न रखूँगी'। अब अपना वादा पूरा करो। देखो मुकर मत जाना।

'इस पत्र के साथ मैं एक जड़ाऊ कंगन भेजता हूँ। शाम को मैं तुम्हारे दर्शन को आऊँगा। अगर यह कंगन तुम्हारी कलाई पर दिखाई दिया तो समझ

जाऊँगा कि मेरी विनय मान ली गयी। अगर नहीं तो फिर तुम्हें मुँह न दिखाऊँगा।

तुम्हारी सेवा का अभिलाषी

अमृतराय।

पूर्णा ने बड़े गौर से इस खत को पढ़ा और सोच के अथाह समुद्र में गोते खाने लगी। अब यह गुल खिला। महापुरुष ने वहाँ बैठकर यह पाखंड रचा। इस धूर्तपन को देखो कि मुझसे बेर-बेर कहते थे कि तुम्हारे ही ऊपर मेरा विवाह ठीक करने का बोझ है, मै बौरी क्या जानूँ कि इनके मन में क्या बात समायी है। मुझसे विवाह का नाम लेते उनको लाज नहीं होती। अगर सुहागिन बनना भाग में बदा होता तो विधवा काहे होती। मैं अब इनको क्या जवाब दूं। अगर किसी दूसरे आदमी ने यह गाली लिखी होती तो उसका कभी मुँह न देखती। मैं क्या सखी प्रेमा से अच्छी हूँ? क्या उनसे सुंदर हूँ? क्या उनसे गुणवती हूँ? फिर यह क्या समझकर ऐसी बातें लिखते हैं? विवाह करेंगे। मै समझ गयी, जैसा विवाह होगा। क्या मुझे इतनी भी समझ नहीं? यह सब उनके धूर्तपन है। वह मुझे अपने घर रक्खा चाहते हैं। मगर ऐसा मुझसे कदापि न होगा। मैं तो इतना ही चाहती हैं कि कभी-कभी उनकी मोहनी मूरत का दर्शन पाया करूँ। कभी-कभी उनकी रसीली बतियाँ सुना करूँ और उनका कुशल आनंद, सुख समाचार पाया करूँ। बस! उनकी पत्नी बनने के योग्य मैं नहीं हूँ। क्या हुआ, अगर हदय में उनकी सूरत जम गयी है। मैं इसी घर में उनका ध्यान करते-करते जान दे दूँगी। पर मोह के बस में आकर मुझसे ऐसा भारी पाप न किया जाएगा। मगर इसमें उन बेचारे का दोष नहीं है। वह भी अपने दिल से हारे हुए हैं। नहीं मालूम क्यों, मुझ अभागिनी में उनका प्रेम लग गया। इस शहर में ऐसा कौन रईस है जो उनको लड़की देने में अपनी बड़ाई न समझे। मगर ईश्वर को न जाने क्या मंजूर था कि उनकी प्रीति मुझसे लगा दी। हाय! आज की साँझ को वह आएँगे। मेरी कलाई पर कंगन न देखेंगे तो दिल में क्या कहेंगे? कहीं आना-जाना त्याग दें तो मैं बिन मारे मर जाऊँ। अगर उनका चित्त जरा भी मेरी ओर से मोटा हुआ, तो अवश्य जहर खा लूँगी। अगर उनके मन में जरा भी माख आया, जरा भी निगाह बदली, तो मेरा जीना कठिन हो

जायेगा। बिल्लो पूर्णा के मुखड़े का चढ़ाव-उतार बड़े गौर से देख रही थी। जब वह खत पढ़ चुकी तो उसने पूछा-क्या लिखा है बहू?

पूर्णा-(मलिन स्वर में) क्या बताऊँ क्या लिखा है?

बिल्लो-क्यों कुशल तो है?

पूर्णा-हाँ, सब कुशल ही है। बाबू साहब ने आज नया स्वाँग रचा।

बिल्लो-(अचंभे से) वह क्या?

पूर्णा-लिखते हैं कि मुझसे......उससे और कुछ न कहा गया। बिल्लो समझ गयी। मगर वहीं तक पहुची जहाँ तक उसकी बुद्धि ने मदद की। वह अमृतराय की बढ़ती हुई मुहब्बत को देख-देखकर दिल में समझे बैठी हुई थी कि वह एक न एक दिन पूर्णा को अपने घर अवश्य डालेंगे। पूर्णा उनको प्यार करती है, उन पर जान देती है। वह पहले बहुत हिचकिचायगी, मगर अंत में मान ही जायगी। उसने सैंकडों रईसों को देखा था कि नाइनों कहारियो, महराजिनों को घर डाल लिया था। अब की भी ऐसा ही होगा। उसे इसमें कोई बात अनोखी नहीं मालूम होती थी कि बाबू साहब का प्रेम सच्चा है, मगर बेचारे सिवाय इसके और कर ही क्या सकते है कि पूर्णा को घर डाल लें। देखना चाहिए कि बहू मानती है या नहीं। अगर मान गयीं तो जब तक जियेगे, सुख भोगेगी। मै भी उनकी सेवा में एक टुकड़ा रोटी पाया करूँगी और जो कहीं इनकार किया तो किसी का निबाह न होगा। बाबू साहब ही का सहारा ठहरा। जब वही मुंह मोड़ लेंगे तो फिर कौन किसको पूछता है।

इस तरह ऊँच-नीच सोचकर उसने पूर्णा से पूछा-तुम क्या जवाब दोगी?

पूर्णा-जवाब! ऐसी बातों का भी भला कहीं जवाब होता है। भला विधवाओं का कहीं ब्याह हुआ है और वो भी ब्राह्मण का क्षत्रिय से। इस तरह की चन्द कहानियाँ मैंने उन किताबो में पढ़ी, जो वह मुझे दे गये हैं, मगर ऐसी बात कहीं से तक नहीं देखने आयी।

बिल्लो समझी थी कि बाबू साहब उसको घर डालने वाले हैं। जब ब्याह का नाम सुना तो चकरा कर बोली-क्या ब्याह करने को कहते हैं?

पूर्णा-हाँ।

बिल्लों-तुमसे?

पूर्णा-यही तो आश्चर्य है।

बिल्लो-अचरज है, भला ऐसा कहीं भया है। बाल पक गये, मगर ऐसा ब्याह नहीं देखा।

पूर्णा-बिल्लो, यह सब बहाना है। उनका मतलब मैं समझ गयी।

बिल्लो-वह तो खुली बात है।

पूर्णा-ऐसा मुझसे न होगा। मैं जान दे दूंगी पर ऐसा न करूंगी।

बिल्लो-बहू उनका इसमें कुछ दोष नहीं है। वह बेचारे भी अपने दिल से हारे हुए हैं। क्या करें।

पूर्णा-हाँ बिल्लो, उनको नहीं मालूम क्यों मुझसे कुछ मुहब्बत हो गयी है और मेरे दिल का हाल तो तुमसे छिपा नहीं। अगर वह मेरी जान माँगते तो मैं अभी दे देती। ईश्वर जानता है, उनके जरा से इशारे पर मैं अपने को निछावर कर सकती हूँ। मगर जो बात वह चाहते हैं, मुझसे न होगी। उसको सोचती हूँ तो मेरा कलेजा काँपने लगता है।

बिल्लो-हाँ, बात तो ऐसा ही है मुदा...

पूर्णा-मगर क्या, भलेमानुसों में ऐसा कभी होता ही नहीं। हाँ, नीच जातियों में सगाई, डोला सब कुछ आता है।

बिल्लो-बहू यह तो सच है। मगर तुम इनकार करोगी तो उनका दिल टूट जायेगा।

पूर्णा-यही डर मारे डालता है। मगर इनकार न करूं तो क्या करूँ। यह तो मैं भी जानती हूँ कि वह झूठ-सच ब्याह कर लेंगे। ब्याह क्या कर लेंगे। ब्याह क्या करेंगे, ब्याह का नाम करेंगे। मगर सोचो तो दुनिया क्या कहेगी। लोग अभी से बदनाम कर रहे हैं, तो न जाने और क्या-क्या आक्षेप लगायेंगे। मैं सखी प्रेमा को मुँह दिखाने योग्य नहीं रहूँगी। बस यही एक उपाय है कि जान दे दूँ, न रहे बाँस, न बजे बाँसुरी। उनको दो-चार दिन तक रंज रहेगा, आखिर भूल जाएंगे। मेरी तो इज्जत बच जायगी।

बिल्लो-(बात पलट कर) इस सन्दूकचे में क्या है?

पूर्णा-खोल कर देखो।

बिल्लो ने जो उसे खोला तो एक कीमती कंगन हरी मखमल में लपेटकर धरा था और सन्दूक से संदल की सुगंध आ रही थी। बिल्लो ने उसको निकाल लिया और चाहा कि पूर्णा ने हाथ खींच लिया और आँखों में आँसू भर कर बोली-मत बिल्लो, इसे मत पहनाओ। सन्दूक में बंद करके रख दो।

बिल्लों-जरा पहनो तो देखो कैसा अच्छा मालूम होता है।

पूर्णा-कैसे पहनूं। यह तो इस बात का सूचक हो जाएगा कि उनकी बात मंजूर है।

बिल्लो-क्या यह भी इस चिट्ठी में लिखा है?

पूर्णा-हाँ, लिखा है कि मैं आज शाम को आऊँगा और अगर कलाई पर कंगन देखूँगा तो समझ जाऊँगा कि मेरी बात मंजूर है।

बिल्लो-क्या आज ही शाम को आएंगे?

पूर्णा-हाँ।

यह कहकर पूर्णा ने सिर नीचा कर लिया। नहाने कौन जाता है। खाने पीने की किसको सुध है। दोपहर तक चुपचाप बैठी सोचा की। मगर दिल ने कोई बात निर्णय न की हाँ, ज्यों-ज्यों साँझ का समय निकट आता था, त्यों-त्यों उसका दिल धड़कता जाता था कि उनके सामने कैसे जाऊँगी। वह मेरी कलाई पर कंगन न देखेंगे तो क्या कहेंगे? कहीं रुठ कर चले न जायँ? वह कहीं रिसा गये तो उनको कैसे मनाऊँगी? मगर तबियता का कायदा है कि जब कोई बात उसको अति लौलीन करनेवाली होती है तो थोड़ी देर के बाद वह उससे भागने लगती है। पूर्णा से अब सोचा भी न जाता था। माथे पर हाथ धरे, मौन साधे, चिन्ता का चित्र बनी दीवार की ओर ताक रही थी। बिल्लो भी मन मारे बैठी हुई थी। तीन बजे होंगे कि यकायक बाबू अमृतराय की मानूस आवाज दरवाजे पर 'बिल्लो' पुकारते सुनायी दी। बिल्लो चट बाहर दौड़ी और पूर्णा जल्दी से अपनी कोठरी में घुस गयी और दरवाजा भेड़ लिया।

उसका दिल भर आया और वह किवाड़ से चिमट कर फूट-फूट रोने लगी। उधर बाबू साहब बहुत बेचैन थे। बिल्लो ज्योंही बाहर निकली कि उन्होंने उसकी तरफ आस-भरी आँखों से देखा। मगर जब उसके चेहरे पर खुशी का कोई चिह्न न दिखायी दिया तो वह उदास हो गये और दबी आवाज में बोले-महरी, तुम्हारी उदासी देखकर मेरा दिल बैठा जाता है।

बिल्लो ने इसका उत्तर कुछ न दिया।

अमृतराय का माथा ठनका कि जरुर कुछ गड़बड़ हो गयी। शायद बिगड़ गयी। डरते-डरते बिल्लो से पूछा-आज हमारा आदमी आया था?

बिल्लो-हाँ, आया था।

अमृतराय-कुछ दे गया?

बिल्लो-दे क्यों नहीं गया।

अमृतराय-तो क्या हुआ? उसको पहना?

बिल्लो-हाँ, पहना! अरे! आँख भर के देखा तो भी नहीं। तब से बैठी रो रही है। न खाने उठी, न गंगा जी गयी।

अमृतराय-कुछ कहा भी। क्या बहुत खफा है?

बिल्लो-कहती क्या? तभी से आँसू का तार नहीं टूटा।

अमृतराय समझ गये कि मेरी चाल बुरी पड़ी। अभी मुझे कुछ दिन और धीरज रखना चाहिए था। वह जरुर बिगड़ गयीं। अब क्या करूँ? क्या अपना-सा मुँह ले के लौट जाऊँ? या एक दफा फिर मुलाकात कर लूँ तब लौट जाऊँ, कैसे लौटूं। लौटा जायगा? हाय अब न लौटा जायगा। पूर्णा तू देखने में बहुत सीधी और भोली है, परन्तु तेरा हृदय बहुत कठोर है। तूने मेरी बातों का विश्वास नहीं माना। तू समझती है, मैं तुझसे कपट कर रहा हूँ। ईश्वर के लिए अपने मन से यह शंका निकाल डाल। मैं धीरे-धीरे तेरे मोह में कैसा जकड़ गया हूँ कि अब तेरे बिना जीना कठिन है। प्यारी जब मैंने तुझसे पहले बातचीत की थी तो मुझे इसकी कोई आशा न थी कि तुम्हारी मीठी बातों और तुम्हारी मन्द मुस्कान का जादू मुझ पर ऐसा चल जायगा मगर वह जादू चल गया। और अब सिवाय तुम्हारे उसे और कौन उतार सकता है। नहीं, मैं इस

दरवाजे से कदापि नहीं हिलूँगा। तुम नाराज होगी। झल्लाओगी। मगर कभी न कभी मुझ पर तरस आ ही जायगा। बस, अब यही करना उचित है। मगर देखो प्यारी, ऐसा न करना कि मुझसे बात करना छोड़ दो। नहीं तो मेरा कहीं ठिकाना नहीं। क्या तुम हमसे सचमुच नाराज हो। हाय! क्या तुम पहरों से इसलिए रो रही हो कि मेरी बातों ने तुमको दुख दिया।

यह बातें सोचते-सोचते बाबू साहब की आँखों में आँसू भर आये और उन्होंने गदगद स्वर में बिल्लो से कहा-महरी, हो सके तो जरा उनसे मेरी मुलाकात करा दो। कह दो एक दम के लिए मिल जायें। मुझ पर इतनी कृपा करो।

महरी ने जो उनकी आँखें लाल देखीं तो दौड़ी हुई घर में आयी। पूर्णा के कमरे में किवाड़ खटखटाकर बोली---बहू, क्या गजब करती हो, बाहर निकलो, बेचारे खड़े रो रहे हैं।

पूर्णा ने इरादा कर लिया था कि मैं उनके सामने कदापि न जाऊँगी। वह महरी से बातचीत करके आप ही चले जायँगे। मगर जब सुना कि रो रहे है तो प्रतिज्ञा टूट गयी। बोली-तुमने जा के क्या कह दिया?

महरी-मैंने तो कुछ भी नहीं कहा।

पूर्णा से अब न रहा गया। चट किवाड़ खोल दिये। और काँपती हुई आवाज से बोली-सच बतलाओ बिल्लो, क्या बहुत रो रहे हैं?

महरी-नारायण जाने, दोनों आँखें लाल टेसू हो गयी हैं। बेचारे बैठे तक नहीं। उनको रोते देखकर मेरा भी दिल भर आया।

इतने में बाबू अमृतराय ने पुकार कर कहा-बिल्लो, मैं जाता हूँ। अपनी सरकार से कह दो, अपराध क्षमा करें।

पूर्णा ने आवाज सुनी। वह एक ऐसे आदमी की आवाज थी, जो निराशा के समुद्र में डूबता हो। पूर्णा को ऐसा मालूम हुआ जैसे उसके हृदय को किसी ने छेद दिया। आँखों से आँसू की झड़ी लग गयी। बिल्लों ने कहा-बहू, हाथ जोड़ती हूँ, चली चलो, जिसमें उनकी भी खातिरी हो जाए।

यह कहकर उसने आप से उठती हुई पूर्णा का हाथ पकड़ कर उठाया और वह घूँघट निकाल कर, आँसू पोंछती हुई, मर्दाने कमरे की तरफ चली।

बिल्लो ने देखा कि उसके हाथों में कंगन नहीं है। चट सन्दूकची उठा लायी और पूर्णा का हाथ पकड़ कर चाहती थी कि कंगन पिन्हा दे। मगर पूर्णा ने हाथ झटक कर छुड़ा लिया और दम की दम में बैठक के भीतर दरवाजे पर आके खड़ी रो रही थी। उसकी दोनों आँखें लाल थी और ताजे आँसुओ की रेखाएँ गालों पर बनी हुई थी। पूर्णा ने घूँघट उठाकर प्रेम-रस से भरी हुई आँखों से उनकी ओर ताका। दोनों की आँखें चार हुई। अमृतराय बेबस होकर बढ़े। सिसकती हुई पूर्णा का हाथ पकड़ लिया और बड़ी दीनता से बोले-पूर्णा, ईश्वर के लिए मुझ पर दया करो।

उनके मुँह से और कुछ न निकला। करुणा से गला बँध गया और वह सर नीचा किये हुए जवाब के इंतजार में खड़े हो गये। बेचारी पूर्णा का धैर्य उसके हाथ से छूट गया। उसने रोते-रोते अपना सर अमृतराय के कंधे पर रख दिया। कुछ कहना चाहा मगर मुँह से आवाज न निकली। अमृतराय ताड़ गये कि अब देवी प्रसन्न हो गयी। उन्होंने आँखों के इशारे से बिल्लो से कंगन मँगवाया। पूर्णा को धीरे से कुर्सी पर बिठा दिया। वह जरा भी न झिझकी। उसके हाथों में कंगन पिन्हाये, पूर्णा ने जरा भी हाथ न खींचा। तब अमृतराय न साहस करके उसके हाथों को चूम लिया और उनकी आँखें प्रेम से मग्न होकर जगमगाने लगीं। रोती हुई पूर्णा ने मोहब्बत-भरी निगाहों से उनकी ओर देखा और बोली-प्यारे अमृतराय, तुम सचमुच जादूगर हो।

10.

विवाह हो गया

यह आँखों देखी बात है कि बहुत करके झूठी और बे-सिर पैर की बातें आप ही आप फैल जाया करती हैं। तो भला जिस बात में सच्चाई नाममात्र भी मिली हो, उसको फैलते कितनी देर लगती है। चारों ओर यही चर्चा थी कि अमृतराय उस विधवा ब्राह्मणी के घर बहुत आया-जाया करता है। सारे शहर के लोग कसम खाने पर उद्यत थे कि इन दोनों में कुछ साँठ-गाँठ जरुर है। कुछ दिनों से पंडाइन और चौबाइन आदि ने भी पूर्णा के बनाव-चुनाव पर नाक-भौं चढ़ाना छोड़ दिया था। क्योंकि उनके विचार में अब वह ऐसे बन्धनों की भागी न थी। जो लोग विद्वान थे और हिन्दुस्तान के दूसरे देशों के हाल जानते थे उनको इस बात की बड़ी चिन्ता थी कि कहीं यह दोनों नियोग न कर लें। हजारों आदमी इस घात मे थे कि अगर कभी रात को अमृतराय पूर्णा की ओर जाते पकड़े जायँ तो फिर लौट कर घर न जाने पावें। अगर कोई अभी तक अमृतराय की नीयत की सफाई पर विश्वास रखता था तो वह प्रेमा थी। वह बेचारी विरहाग्नि में जलते-जलते काँटा हो गई थी, मगर अभी तक उनकी मुहब्बत उसके दिल में वैसी ही बनी हुई थी। उसके दिल में कोई बैठा हआ कह रहा था कि तेरा विवाह उनसे अवश्य होगा। इसी आशा पर उसके जीवन का आधार था। वह उन लोगों में थी जो एक ही बार दिल का सौदा चुकाते हैं।

आज पूर्णा से वचन लेकर बाबू साहब बँगले पर पहुँचने भी न पाये थे कि यह खबर एक कान से दूसरे कान फैलने लगी और शाम होते-होते सारे

शहर में यही बात गूंजने लगी। जो कोई सुनता, उसे पहले तो विश्वास न आता। क्या इतने मान-मर्यादा के रईस होकर ऐसा नीच कर्म करेगे? मगर ज्यों ही उसकी सुधि आती कि वह तो ईसाई हो गये हैं, बस उसकी शंका मिट जाती। वह उनको गालियाँ देता, कोसता। रात तो किसी तरह कटी। सवेरा होते ही मुंशी बदरीप्रसाद के मकान पर सारे नगर के पंडित, विद्वान धनाढ्य और प्रतिष्ठित लोग एकत्र हुए और इसका विचार होने लगा कि यह शादी कैसे रोकी जाय।

पंडित भृगुदत्त-विधवा विवाह वर्जित हैं, कोई हमसे शास्त्रार्थ कर ले। वेदपुराण में कहीं ऐसा अधिकार कोई दिखा दे तो हम आज पंडिताई करना छोड़ दें।

इस पर बहुत से आदमी चिल्लाये, हाँ, हाँ, जरुर शास्त्रार्थ हो।

शास्त्रार्थ का नाम सुनते ही इधर-उधर से सैकड़ों पंडित विद्यार्थी बगलों में पोथियां दबाये, सिर घुटाये, अंगोछा कँधे पर रक्खे, मुँह में तमाखू भरे, इक्ट्ठे हो गये और झक-झक होने लगी कि जरुर शास्त्रार्थ हो। पहले यह श्लोक पूछा जाय। उसका यह उत्तर दें तो फिर यह प्रश्न किया जावे। अगर उत्तर देने में वह लोग साहित्य या व्याकरण में जरा भी चूके तो जीत हमारे हाथ हो जाय। सैंकड़ों कठमुल्ले गँवार भी इसी मण्डली में मिलकर कोलाहल मचा रहे थे। मुंशी बदरीप्रसाद ने जब इनको शास्त्रार्थ करने पर उतारु देखा तो बोले-किस से करोगे शास्त्रार्थ? मान लो वह शास्त्रार्थ न करें तब?

सेठ धूनीमल-बिना शास्त्रार्थ किये विवाह कर लेगें! (धोती सम्हाल कर) थाने में रपट कर दूँगा।

ठाकुर जोरावर सिंह-(मूछों पर ताव देकर) कोई ठट्ठा है ब्याह करना, सिर काट डालूँगा। लोहू की नदी बह जायगी।

राव साहब-बारात की बारात काट डाली जायगी।

इतने में सैकड़ों आदमी और आ डटे और आग में ईधन लगाने लगे।

एक-जरुर से जरुर सिर गंजा कर दिया जाए।

दूसरा-घर में आग लगा देंगे। सब बारात जल-भुन जायगी।

तीसरा–पहले उस स्त्री का गला घोंट देंगे।

इधर तो यह हरबोंग मचा हुआ था, उधर दीवानखाने में बहुत से वकील और मुखतार रमझल्ला मचा रहे थे। इस विवाह को न्याय विरुद्ध साबित करने के लिए बड़ा उद्योग किया जा रहा था। बड़ी तेजी से मोटी–मोटी पुस्तकों के वरक उलटे जा रहे थे। बरसों की पुरानी–धुरानी नजीरें पढ़ी जा रही थीं कि कहीं से कोई दाँव–पकड़ निकल आवे। मगर कई घण्टे तक सर खपाने पर कुछ न हो सका। आखिर यह सम्मति हुई कि पहले ठाकुर जोरावर सिंह अमृतराय को धमकावें। अगर इस पर भी वह न मानें तो जिस दिन बारात निकले सड़क पर मारपीट की जाय। इस प्रस्ताव के बाद सभा विसर्जन हुई। बाबू अमृतराय ब्याह की तैयारियों में लगे हुए थे कि ठाकुर जोरावर सिंह का पत्र पहुँचा। उसमें लिखा था। 'बाबू अमृतराय को ठाकुर जोरावर सिंह का सलाम–बंदगी बहुत–बहुत तरह से पहुँचे। आगे हमने सुना है कि आप किसी विधवा ब्राह्मणी से विवाह करने वाले हैं। हम आपसे कहे देते हैं कि भूल कर भी ऐसा न कीजिएगा। नहीं तो आप जानें और आपका काम।'

जोरावर सिंह एक धनाढ्य और प्रतिष्ठित आदमी होने के उपरान्त उस शहर के लठैतों और बाँके आदमियों का सरदार था और कई बेर बड़े–बड़ों को नीचा दिखा चुका था। उसकी धमकी ऐसी न थी कि अमृतराय पर उसका कुछ असर न पड़ता। चिट्ठी को देखते ही उनके चेहरे का रंग उड़ गया। सोचने समझने लगे कि ऐसी कौन–सी चाल चलूँ कि इसको अपना आदमी बना लूँ कि इतने में दूसरी चिट्ठी पहुँची। यह गुमनाम थी और उसका आशा भी पहली चिट्ठी से मिलता था। इसके बाद शाम होते–होते सैंकड़ों गुमनाम चिट्ठियाँ आयीं। कोई कहता था कि अगर फिर ब्याह का नाम लिया तो घर में आग लगा देंगे। कोई सर काटने की धमकी देता था। कोई पेट में छुरी भोंकने के लिए तैयार था। और कोई मूंछ के बाल उखाड़ने के लिए चुटकियाँ गर्म कर रहा था। अमृतराय यह तो जानते कि शहरवाले विरोध अवश्य करेंगे। मगर उनको इस तरह की राड़ का गुमान भी न था। इन धमकियों ने जरा देर के लिए उन्हें भय में डाल दिया। अपने से अधिक खटका उनको पूर्णा के बारे में था कि कहीं यही सब दुष्ट उसे न कोई हानि पहुँचावें। उसी दम कपड़े

पहिन, पैरगाड़ी पर सवार होकर चटपट मजिस्ट्रेट की सेवा में उपस्थित हुए और उनसे पूरा-पूरा वृत्तान्त कहा। बाबू साहब का अंग्रेजों में बहुत मान था। इसलिए नहीं कि वह खुशामदी थे या अफसरों की पूजा किया करते थे किन्तु इसलिए कि वह अपनी मर्यादा रखना आप जानते थे। साहब ने उनका बड़ा आदर किया। उनकी बातें बड़े ध्यान से सुनीं। सामाजिक सुधार की आवश्कता को माना और पुलिस के सुपरिण्टेण्डेट को लिखा कि आप अमृतराय की रक्षा के वास्ते एक गारद रवाना कीजिए और खबर लेते रहिए कि मारपीट, खूनखराबा न हो जाए। साँझ होते-होते तीस सिपाहियों का एक गारद बाबू साहब के मकान पर पहुँच गया, जिनमें से पाँच बलवान आदमी पूर्णा के मकान की हिफाजत करने के लिए भेजे गये।

शहरवालों ने जब देखा कि बाबू साहब ऐसा प्रबन्ध कर रहे हैं तो और भी झल्लाये। मुंशी बदरीप्रसाद अपने सहायकों को लेकर मजिस्ट्रेट के पास पहुंचे और दुहाई मचाई कि अगर वह विवाह रोक न दिया गया तो शहर में बड़ा उपद्रव होगा और बलवा हो जाने का डर है। मगर साहब समझ गये कि यह लोग मिलजुल कर अमृतराय को हानि पहुँचाना चाहते हैं। मुंशी जी से कहा कि सरकार किसी आदमी की शादी-विवाह में विघ्न डालना नियम के विरुद्ध समझती है। जब तक कि उस काम से किसी दूसरे मनुष्य को कोई दुख न हो। यह टका-सा जवाब पाकर मुंशी जी बहुत लज्जित हुए। वहाँ से जल-भुनकर मकान पर आये और अपने सहायकों के साथ बैठकर फैसला किया कि ज्यों ही बारात निकले, उसी दम पचास आदमी उस पर टूट पड़ें। पुलिसवालों की भी खबर लें और अमृतराय की भी हड्डी-पसली तोड़कर धर दें।

बाबू अमृतराय के लिए यह समय बहुत नाजुक था। मगर वह देश का हितैषी तन-मन-धन से इस सुधार के काम में लगा हुआ था। विवाह का दिन आज से एक सप्ताह पीछे नियत किया गया। क्योंकि ज्यादा विलम्ब करना उचित न था और यह सात दिन बाबू साहब ने ऐसी हैरानी में काटे कि जिसका वर्णन नहीं किया जा सकता। प्रतिदिन वह दो कांस्टेबिलों के साथ पिस्तौलों की जोड़ी लगाये दो बेर पूर्णा के मकान पर आते। वह बेचारी मारे डर के मरी

जाती थी। वह अपने को बार-बार कोसती कि मैंने क्यों उनको आशा दिलाकर यह जोखिम मोल ली। अगर इन दुष्टों ने कहीं उन्हें कोई हानि पहुँचाई तो वह मेरी ही नादानी का फल होगा। यद्यपि उसकी रक्षा के लिए कई सिपाही नियत थे मगर रात-रात भर उसकी आँखों में नींद न आती। पत्ता भी खड़कता तो चौंककर उठ बैठती। जब बाबू साहब सबेरे आकर उसको ढारस देते तो जाकर उसकी जान में जान आती।

अमृतराय ने चिट्ठियाँ तो इधर-उधर भेज ही दी थीं। विवाह के तीन-चार दिन पहले से मेहमान आने लगे। कोई मुम्बई से आया था, कोई मदरास से, कोई पंजाब से और कोई बंगाल से। बनारस में सामाजिक सुधार के विराधियों का बड़ा ज़ोर था और सारे भारतवर्ष के रिफार्मरों के जी में लगी हुई थी कि चाहे जो हो, बनारस में सुधार के चमत्कार फैलाने का ऐसा अपूर्व समय हाथ से न जाने देना चाहिए, वह इतनी दूर-दूर से इसलिए आते थे कि सब काशी की भूमि में रिफार्म की पताका अवश्य गाड़ दें। वह जानते थे कि अगर इस शहर में यह विवाह हो तो फिर इस सूबे के दूसरे शहरों के रिफार्मरों के लिए रास्ता खुल जायगा। अमृतराय मेहमानों की आवभगत में लगे हुए थे। और उनके उत्साही चेले साफ-सुथरे कपड़े पहने स्टेशन पर जा-जाकर मेहमानों को आदरपूर्वक लाते और उन्हें सजे हुए कमरों में ठहराते थे। विवाह के दिन तक यहाँ कोई डेढ़ सौ मेहमान जमा हो गये। अगर कोई मनुष्य सारे आर्यावर्त की सभ्यता, स्वतंत्रता, उदारता और देशभक्ति को एकत्रित देखना चाहता था तो इस समय बाबू अमृतराय के मकान पर देख सकता था। बनारस के पुरानी लकीर पीटने वाले लोग इन तैयारियों और ऐसे प्रतिष्ठित मेहमानों को देख-देख दाँतों उँगली दबाते। मुंशी बदरीप्रसाद और उनके सहायकों ने कई बेर धूमधाम से जलसे किये। हरबेर यही बात तय हुई कि चाहे जो हो मारपीट जरुर की जाय। विवाह के पहले शाम को बाबू अमृतराय अपने साथियों को लेकर पूर्णा के मकान पर पहुँचे और वहाँ उनको बरातियों के आदर-सम्मान का प्रबंध करने के लिए ठहरा दिया। इसके बाद पूर्णा के पास गये। इनको देखते ही उसकी आँखें में आँसू भर आये।

अमृत-(गले से लगाकर) प्यारी पूर्णा, डरो मत। ईश्वर चाहेगा तो बैरी हमारा बाल भी बॉका न कर सकेंगे। कल जो बारात यहाँ आयेगी, वैसी आज तक इस शहर मे किसी के दरवाजे पर न आयी होगी।

पूर्णा-मगर मैं क्या करूँ। मुझे तो मालूम होता है कि कल जरुर मारपीट होगी। चारों ओर से यह खबर सुन-सुन मेरा जी आधा हो रहा है। इस वक्त भी मुंशी जी के यहाँ लोग जमा हैं।

अमृत-प्यारी, तुम इन बातों को जरा भी ध्यान में न लाओ। मुंशी जी के यहाँ तो ऐसे जलसे महीनों से हो रहे हैं और सदा हुआ करेंगे। इसका क्या डर। दिल को मजबूत रक्खो। बस, यह रात और बीच है। कल प्यारी पूर्णा मेरे घर पर होगी। आह! वह मेरे लिए कैसे आन्नद का समय होगा।

पूर्णा यह सुनकर अपना डर भूल गयी। बाबू साहब को प्यार की निगाहों से देखा और जब चलने लगे तो उनके गले से लिपट कर बोली-तुमको मेरी कसम, इन दुष्टों से बचे रहना।

अमृतराय ने उसे छाती से लगा लिया और समझा-बुझाकर अपने मकान को रवाना हुए।

पहर रात गये, पूर्णा के मकान पर, कई पंडित रेशमी बाना सजे, गले में फूलों का हार डाले आये। विधिपूर्वक लक्ष्मी की पूजा करने लगे। पूर्णा सोलहों सिंगार किये बैठी हुई थी। चारों तरफ गैस की रोशनी से दिन के समान प्रकाश हो रहा था। कांस्टेबिल दरवाजे पर टहल रहे थे। दरवाजे का मैदान साफ किया जा रहा था और शामियाना खड़ा किया जा रहा था। कुर्सियाँ लगायी जा रही थीं, फर्श बिछाया गया, गमले सजाये गये। सारी रात इन्हीं तैयारियों में कटी और सबेरा होते ही बारात अमृतराय के घर से चली।

बारात क्या थी सभ्यता और स्वाधीनता की चलती-फिरती तस्वीर थी। न बाजे का धड़-धड़ पड़-पड़, न बिगुलों की धों धों, पों पों, न पालकियों का झुरमुट, न सजे हुए घोड़ों की चिल्लन्पों, न मस्त हाथियों की रेलपेल, न सोंटे बल्लमवालों की कतार, न फुलवाड़ी, न बगीचे, बल्कि भले मानुषों की एक मंडली थी, जो धीरे-धीरे कदम बढ़ाती चली जा रही थी। दोनों तरफ

जंगी पुलिस के आदमी वर्दियाँ डाँटे, सोंटे लिये खड़े थे। सड़क के इधर-उधर झुंड के झुंड आदमी लम्बी-लम्बी लाठियाँ लिये एकत्र थे बारात की ओर देख-देख दाँत पीसते थे। मगर पुलिस का वह रोब था कि किसी को चूँ करने का भी साहस नहीं होता था। बारातियों से पचास कदम की दूरी पर रिजर्व पुलिस के सवार हथियारों से लैस, भाले चमकाते ओर घोड़ों को उछालते चले जाते थे। तिस पर भी सबको यह खटका लगा हुआ था कि कहीं पुलिस के भय का यह तिलिस्म टूट न जाय। यद्यपि बारातियों के चेहरे से घबराहट लेशमात्र भी न पाई जाती थी तथापि दिल सबके धड़क रहे थे। जरा भी सटपट होती तो सबके कान खड़े हो जाते। एक बेर दुष्टों ने सचमुच धावा कर ही दिया। चारों ओर हलचल मच गई। मगर उसी दम पुलिस ने भी डबल मार्च किया और दम की दम में कई फसादियों की मुश्के कस लीं।

फिर किसी को उपद्रव मचाने का साहस न हुआ। किसी तरह घंटे भर में बारात पूर्णा के मकान पर पहुंची। यहाँ पहले से ही बारातियों के शुभागमन का सामान किया गया था। आँगन में फर्श लगा हुआ था। कुर्सियाँ धरी हुई थीं ओर बीचोंबीच में कई पूज्य ब्राह्मण हवनकुण्ड के किनारे बैठकर आहुति दे रहे थे। हवन की सुगन्ध चारों ओर उड़ रही थी। उस पर मंत्रों के मीठे-मीठे मध्यम और मनोहर स्वर जब कान में आते तो दिल आप ही उछलने लगता। जब सब बाराती बैठ गये तब उनके माथे पर केसर और चन्दन मला गया। उनके गलों में हार डाले गये और बाबू अमृतराय पर सब आदमियों ने पुष्पों की वर्षा की। इसके पीछे वर मकान के भीतर गया और वहाँ विधिपूर्वक विवाह हुआ। न गीत गाये गये, न गाली-गलौज की नौबत आयी, न नेगचार का उधम मचा।

भीतर तो शादी हो रही थी, बाहर हजारों आदमी लाठियाँ और सोंटे लिए गुल मचा रहे थे। पुलिसवाले उनको रोके हुए मकान के चौगिर्द खड़े थे। इसी बीच में पुलिस का कप्तान भी आ पहुँचा। उसने आते ही हुक्म दिया कि भीड़ हटा दी जाय। और उसी दम पुलिसवालों ने सोंटों से मारमार कर इस भीड़ को हटाना शुरु किया। जंगी पुलिस ने डराने के लिए बन्दूकों की दो-चार बाढ़ें हवा में सर कर दीं। अब क्या था, चारों ओर भगदड़ मच गयी। लोग एक पर एक

गिरने लगे। मगर ठीक उसी समय ठाकुर जोरावर सिंह बाँकी पगिया बाँधे, रजपूती बाना सजे, दोहरी पिस्तौल लगाये दिखायी दिया। उसकी मूँछें खड़ी थीं। आँखों से अंगारे उड़ रहे थे। उसको देखते ही वह लोग जो छितिर-बितिर हो रहे थे फिर इकट्ठा होने लगे। जैसे सरदार को देखकर भागती हुई सेना दम पकड़ ले। देखते ही देखते हजार आदमी से अधिक एकत्र हो गये। और तलवार के धनी ठाकुर ने एक बार कड़क कर कहा-'जै दुर्गा जी' की वहीं सारे दिलों में मानों बिजली कौंध गयी, जोश भड़क उठा। तेवरियों पर बल पड़ गये और सब के सब नदी की तरह उमड़ते हुए आगे को बढ़े। जंगी पुलिसवाले भी संगीनें चढ़ाये, साफा बाँधे, डटे खड़े थे। चारों ओर भयानक सन्नाटा छाया हुआ था। धड़का लगा हुआ था कि अब कोई दम में लोहू की नदी बहा चाहती है। कप्तान ने जब इस बाढ़ को अपने ऊपर आते देखा तो अपने सिपाहियों को ललकारा और बड़े जीवट से मैदान में आकर सवारों को उभारने लगे कि यकायक पिस्तौल की आवाज आयी और कप्तान की टोपी जमीन पर गिर पड़ी मगर घाव ओछा लगा। कप्तान ने देख लिया था। कि यह पिस्तौल जोरावर सिंह ने सर की है। उसने भी चट अपनी बन्दूक सँभाली और निशाने का लगाना था कि धाँय से आवाज हुई ओर जोरावर सिंह चारों खाने चित्त जमीन पर आ रहा उसके गिरते ही सबके हियाव छूट गये। वे भेड़ों की भाँति भागने लगे। जिसकी जिधर सींग समाई, चल निकला। कोई आधा घण्टे में वहाँ चिड़िया का पूत भी न दिखायी दिया। बाहर तो यह उपद्रव मचा था, भीतर दुलहा-दुलहिन मारे डर के सूखे जाते थे। बाबू अमृतराय जी दम-दम की खबर मँगाते और थर-थर काँपती हुई पूर्णा को ढारस देते। वह बेचारी रो रही थी कि मुझ अभागिनी के लिए माथा-पिटौवल हो रही है कि इतने में बन्दूक छूटी। या नारायण अब की किसकी जान गई। अमृतराय घबराकर उठे कि जरा बाहर जाकर देखें। मगर पूर्णा से हाथ न छुड़ा सके। इतने में एक आदमी ने फिर आकर कहा-बाबू साहब ठाकुर ढेर हो गये। कप्तान ने गोली मार दी।

आधा घण्टे में मैदान साफ हो गया और अब यहाँ से बरात की बिदाई की ठहरी। पूर्णा और बिल्लो एक सेजगाड़ी में बिठाई गईं और जिस

सज-धज से बरात आयी थी उसी तरह वापस हुई। अब की किसी को सर उठाने का साहस नहीं हुआ। इसमें सन्देह नहीं कि इधर-उधर झुंड आदमी जमा थे और इस मंडली को क्रोध की निगाहों से देख रहे थे। कभी-कभी मनचला जवान एकाध पत्थर भी चला देता था। कभी तालियाँ बजायी जाती थीं। मुंह चिढ़ाया जाता था। मगर इन शरारतों से ऐसे दिल के पोढ़े आदमियों की गम्भीरता में क्या विघ्न पड़ सकता था। कोई आधा घण्टे में बरात ठिकाने पर पहुँची। दुल्हिन उतारी गयी ओर बरातियों की जान में जान आयी। अमृतराय की खुशी का क्या पूछना। वह दौड़-दौड़ सबसे हाथ मिलाते फिरते थे। बाँछे खिली जाती थीं। ज्योंही दुल्हिन उस कमरे में पहुँची जो स्वयं आप ही दुल्हिन की तरह सजा हुआ था तो अमृतराय ने आकर कहा-प्यारी, लो हम कुशल से पहुँच गये। ऐं, तुम तो रो रही हो...यह कहते हुए उन्होंने रुमाल से उसके आँसू पोछे और उसे गले से लगाया।

प्रेम रस में डूबी पूर्णा ने अमृतराय का हाथ पकड़ लिया और बोली-आप तो आज ऐसे प्रसन्नचित्त हैं, मानो कोई राज मिल गया है।

अमृत-(लिपटाकर) कोई झूठ है जिसे ऐसी रानी मिले, उसे राज की क्या परवाह। आज का दिन आनन्द में कटा। दूसरे दिन बरातियों ने बिदा होने की आज्ञा माँगी। मगर अमृतराय की यह सलाह हुई कि लाला धनुषधारीलाल कम से कम एक बार सबको अपने व्याख्यान से कृतज्ञ करें, यह सलाह सबको पसंद आयी। अमृतराय ने अपने बगीचे में एक बड़ा शामियाना खड़ा करवाया और बड़े उत्सव से सभा हुई। वह धुआँधर व्याख्यान हुए कि सामाजिक सुधार का गौरव सबके दिलों में बैठ गया। फिर तो दो जलसे और भी हुए और दूने धूमधाम के साथ। सारा शहर टूटा पड़ता था। सैंकड़ों आदमियों का जनेऊ टूट गया। इस उत्सव के बाद दो विधवा विवाह और हुए। दोनों दूल्हे अमृतराय के उत्साही सहायकों में थे और दुल्हिनों में से एक पूर्णा के साथ गंगा नहानेवाली रामकली थी। चौथे दिन सब नेवतहारी बिदा हुए। पूर्णा बहुत कन्नी काटती फिरी, मगर बरातियों के आग्रह से मजबूर होकर उनसे मुलाकात करनी ही पड़ी। और लाला धनुषधारीलाल ने तो तीन दिन उसे बराबर स्त्री-धर्म की शिक्षा दी।

शादी के चौथे दिन बाद पूर्णा बैठी हुई थी कि एक औरत ने आकर उसको एक बंद लिफाफा दिया। पढ़ा तो प्रेमा का प्रेम-पत्र था। उसने उसे मुबारकबादी दी थी और बाबू अमृतराय की वह तसवीर जो बरसों से उसके गले का हार हो रही थी, पूर्णा के लिए भेज दी थी। उस खत की आखिरी सतरें यह थीं–

'सखी, तुम बड़ी भाग्यवती हो। ईश्वर सदा तुम्हारा सोहाग कायम रखें। तुम्हारे पति की तसवीर तुम्हारे पास भेजती हूँ। इसे मेरी यादगार समझना। तुम जानती हो कि मैं इसको जान से ज्यादा प्यारी समझती रही। मगर अब मैं इस योग्य नहीं कि इसे अपने पास रख सकूँ। अब यह तुमको मुबारक हो। प्यारी, मुझे भूलना मत। अपने प्यारे पति को मेरी ओर से धन्यवाद देना।

तुम्हारी अभागिनी सखी प्रेमा'

अफसोस आज के पन्द्रहवें दिन बेचारी प्रेमा, बाबू दाननाथ के गले बाँध दी गयी। बड़े धूमधाम से बरात निकली। हजारों रुपया लुटा दिया गया। कई दिन तक सारा शहर मुंशी बदरीप्रसाद के दरवाजे पर नाच देखता रहा। लाखों का वार न्यारा हो गया। ब्याह के तीसरे ही दिन मुंशी जी परलोक को सिधारे। ईश्वर उनको स्वर्गवास दे।

11.

विरोधियों का विरोध

मेहमानों के विदा हो जाने के बाद यह आशा की जाती थी कि विरोधी लोग अब सिर न उठायेंगे। विशेष इसलिए कि ठाकुर ज़ोरावार सिंह और मुंशी बदरीप्रसाद के मर जाने से उनका बल बहुत कम हो गया था। मगर यह आशा पूरी न हुई। एक सप्ताह भी न गुजरने पाया था कि और अभी सुचित्त से बैठने भी न पाये थे कि फिर यही दाँता किलकिल शुरु हो गयी।

अमृतराय कमरे में बैठे हुए एक पत्र पढ़ रहे थे कि महाराज चुपके से आया और हाथ जोड़कर खड़ा हो गया। अमृतराय ने सर उठाकर उसको देखा तो मुसकराकर बोले-कैसे चले महाराज?

महाराज-हजूर, जान बकसी होय तो कहूँ।

अमृतराय-शौक से कहो।

महाराज-ऐसा न हो कि आप रिसहे हो जायें।

अमृतराय-बात तो कहो।

महाराज-हजूर, डर लगता है।

अमृतराय-क्या तनख्वाह बढ़वाना चाहते हो?

महाराज-नाहीं सरकार

अमृतराय-फिर क्या चाहते हो?

महाराज-हजूर, हमारा इस्तीफा ले लिया जाय।

अमृतराय-क्या नौकरी छोड़ोगे?

महाराज-हाँ सरकार। अब हमसे काम नहीं होता।

अमृतराय-क्यों, अभी तो मजबूत हो। जी चाहे तो कुछ दिन आराम कर लो। मगर नौकरी क्यों छोड़ो।

महाराज-नाही सरकार, अब हम घर को जाइब।

अमृतराय-अगर तुमको यहाँ कोई तकलीफ हो तो ठीक-ठीक कह दो। अगर तनख्वाह कहीं और इसके ज्यादा मिलने की आशा हो तो वैसा कहो।

महाराज-हजूर, तनख्वाह जो आप देते हैं कोई क्या माई का लाल देगा।

अमृतराय-फिर समझ में नहीं आता कि क्यों नौकरी छोड़ना चाहते हो?

महाराज-अब सरकार, मैं आपसे क्या कहूँ। यहाँ तो यह बातें हो रही थीं उधर चम्मन व रम्मन कहार और भगेलू व दुक्खी बारी आपस में बातें कर रहे थे।

भगेलू-चलो, चलो जल्दी। नहीं तो कचहरी की बेला आ जैहै।

चम्मन-आगे-आगे तुम चलो।

भगेलू-हमसे आगूँ न चला जैहै।

चम्मन-तब कौन आगूँ चलै?

भगेलू-हम केका बताई।

रम्मन-कोई न चलै आगूं तो हम चलित है।

दुक्खी-तें आगे एक बात कहित है। नह कोई आगूँ चले न कोई पीहूँ।

चम्मन-फिर कैसे चला जाय।

भगेलू-सब साथ-साथ चलैं।

चम्मन-तुम्हार कपार।

भगेलू-साथ चले माँ कौन हरज है?

मम्मन-तब सरकार से बतियाये कौन?

भगेलू-दुक्खी का खूब बितियाब आवत है।

दुक्खी–अरे राम रे मैं उनके ताई न जैहूँ। उनका देख के मोका मुतास हो आवत है।

भगेलू---अच्छा, कोऊ न चलै तो हम आगूँ चलित हैं।

सब के सब चले। जब बरामदे में पहुँचे तो भगेलू रुक गया।

मम्मन–ठाढ़े काहे हो गयो? चले चलौ।

भगेलू---अब हम न जाबै। हमारा तो छाती धड़कित है।

अमृतराय ने जो बरामदे में इनको साँय–साँय बातें करते सुना तो कमरे से बाहर निकल आये और हँस कर पूछा–कैसे चले, भगेलू?

भगेलू का हियाव छूट गया। सिर नीचा करके बोला–हजूर, यह सब कहार आपसे कुछ कहने आये हैं।

अमृतराय–क्या कहते हैं? यह सब तो बोलते ही नहीं।

भगेलू–(कहारों से) तुमको जौन कुछ कहना होय, सरकार से कहो।

कहार भगेलू के इस तरह निकल जाने पर दिल में बहुत झल्लाये। चम्मन ने जरा तीखे होकर कहा–तुम काहे नाहीं कहत हौ? तुम्हार मुँह में जीभ नहीं है?

अमृतराय–हम समझ गये। शायद तुम लोग इनाम माँगने आये हो। कहारों से अब सिवाय हाँ कहने के और कुछ न बन पड़ा। अमृतराय ने उसी दम पाँच रुपया भगेलू के हाथ पर रख दिया। जब यह सब फिर अपनी कोठरी में आये तो यों बातें करने लगे चम्मन–भगेलुआ बड़ा बोदा है।

रम्मन–अस रीस लागत रहा कि खाय भरे का देई।

दुक्खी–वहाँ जाय के ठकुरासोहाती करै लागा।

भगेलू–हमसे तो उनके सामने कुछ कहै न गवा।

दुक्खी---तब काहे को यहाँ से आगे–आगे गया रह्यो।

इतने में सुखई कहार लकडी टेकता खाँसता हुआ आ पहुँचा और इनको जमा देखकर बोला–का भवा? सरकार का कहेन?

दुक्खी–सरकार के सामने जाय कै सब गूंगे हो गये। कोई के मुँह से बात न निकली।

भगेलू-सुखई दादा तुम नियाव करो, जब सरकार हँसकर इनाम दे लागे तब कैसे कहा जात कि हम नौकरी छोड़न आये हैं।

सुखई-हम तो तुमसे पहले कह दीन कि यहाँ नौकरी छोड़ी के सब जने पछतैहो। अस भलामानुष कहूँ न मिले।

भगेलू-दादा, तुम बात लाख रुपया की कहत हो।

चम्मन-एमाँ कौन झूठ हैं। अस मनई काहाँ मिले।

रम्मन आज दस बरस रहत भये, मुदा आधी बात कबहूँ नाहीं कहेन।

भगेलू-रीस तो उनके देह में छू नहीं गै। जब बात करत है हँसकर।

मम्मन-भैया, हमसे कोऊ कहत कि तुम बीस कलदार लेव और हमारे यहाँ चल के काम करो तो हम सरकार का छोड़ के कहूँ न जाइत। मुदा बिरादरी की बात ठहरी। हुक्का-पानी बन्द होईगवा तो फिर केह के द्वारे जैब।

रम्मन-यही डर तो जान मारे डालत हैं।

चम्मन-चौधरी कह गये हैं कि आज इनके काम न छोड़ देहों तो टाट बाहर कर दीन जैही।

सुखई-हम एक बेर कह दीन कि पछतौहो। जस मन मे आवे करो।

आठ बजे रात को जब बाबू अमृतराय सैर करके आये तो कोई टमटम थामनेवाला न था। चारों ओर घूम-घूम कर पुकारा। मगर किसी की आहट न पायी। महाराज, कहार, साईस सभी चल दिये। यहाँ तक कि जो साईस उनके साथ था वह भी न जाने कहाँ लोप हो गया। समझ गये कि दुष्टों ने छल किया। घोड़े को आप ही खोलने लगे कि सुखई कहार आता दिखाई दिया।

उससे पूछा-यह सब के सब कहाँ चले गये?

सुखई-(खाँसकर) सब छोड़ गये। अब काम न करैंगे।

अमृतराय तुम्हें कुछ मालूम है इन सभों ने क्यों छोड़ दिया?

सुखई-मालूम काहे नाहीं, उनके बिरादरीवाले कहते हैं इनके यहाँ काम मत करो। अमृतराय की समझ में पूरी बात आ गयी कि विरोधियों ने अपना कोई और बस न चलते देखकर अब यह ढंग रचा है। अन्दर गये तो क्या देखते

हैं कि पूर्णा बैठी खाना पका रही है। और बिल्लो इधर-उधर दौड़ रही है। नौकरों पर दाँत पीसकर रह गये।

पूर्णा से बोले---आज तुमको बड़ा कष्ट उठाना पड़ा।

पूर्णा-(हँसकर) इसे आप कष्ट कहते हैं। यह तो मेरा सौभाग्य है। पत्नी के अधरों पर मन्द मुसकान और आँखों में प्रेम देखकर बाबू साहब के चढ़े हुए तेवर बदल गये। भड़कता हुआ क्रोध ठंडा पड़ गया और जैसे नाग तूंबी बाजे का शब्द सुनकर थिरकने लगता है और मतवाला हो जाता है, उसी भाँति उस घड़ी अमृतराय का चित्त भी किलोलें करने लगा। आव देखा न ताव। कोट पतलून, जूते पहने हुए रसोई में बेधड़क घुस गये। पूर्णा 'हाँ,हाँ' करती रही।

मगर कौन सुनता है। और उसे गले से लगाकर बोले-मैं तुमको यह न करने दूंगा।

पूर्णा भी पति के नशे में बसुध होकर बोली-मैं न मानूँगी।

अमृतराय-अगर हाथों में छाले पड़े तो मैं जुरमाना ले लूँगा।

पूर्णा-मैं उन छालों को फूल समझूंगी, जुरमाना क्यों देने लगी।

अमृतराय-और जो सिर में धमक-अमक हुई तो तुम जानना।

पूर्णा-वाह ऐसे सस्ते न छूटोगे। चन्दन रगड़ना पड़ेगा।

अमृत-चन्दन की रगड़ाई क्या मिलेगी।

पूर्णा-वाह (हंसकर) भरपेट भोजन करा दूंगी।

अमृत-कुछ और न मिलेगा?

पूर्णा-ठंडा पानी भी पी लेना।

अमृत-(रिसियाकर) कुछ और मिलना चाहिए।

पूर्णा-बस,अब कुछ न मिलेगा।

यहाँ अभी यही बातें हो रही थीं कि बाबू प्राणनाथ और बाबू जीवननाथ आये। यह दोनों कश्मीरी थे और कालिज में शिक्षा पाते थे। अमृतराय के पक्षपातियों में ऐसा उत्साही और कोई न था जैसे यह दोनों युवक थे। बाबू साहब का अब तक जो अर्थ सिद्ध हुआ था, वह इन्हीं परोपकारियों के परिश्रम

का फल था। और वे दोनों केवल जबानी बकवास लगानेवाले नहीं थे। वरन बाबू साहब की तरह वह दोनों भी सुधार का कुछ-कुछ कर्तव्य कर चुके थे। यही दोनों वीर थे जिन्होंने सहस्रों रुकावटों और बाँधाओं को हटाकर विधवाओं से ब्याह किया था। पूर्णा की सखी रामकली ने अपनी मरजी से प्राणनाथ के साथ विवाह करना स्वीकार किया था। और लक्ष्मी के माँ-बॉप जो आगरे के बड़े प्रतिष्ठत रईस थे, जीवननाथ से उसका विवाह करने के लिए बनारस आये थे। ये दोनों अलग-अलग मकान में रहते थे।

बाबू अमृतराय उनके आने की खबर पाते ही बाहर निकल आये और मुसकराकर पूछा-क्यों, क्या खबर है?

जीवननाथ-यह आपके यहाँ सन्नाटा कैसा?

अमृतराय-कुछ न पूछो, भाई।

जीवननाथ-आखिर वे दरजन-भर नौकर कहाँ समा गये?

अमृतराय-सब जहन्नुम चले गये। जालिमों ने उन पर बिरादरी का दबाव डालकर यहाँ से निकलवा दिया।

प्राणनाथ ने ठट्ठा लगाकर कहा--लीजिए यहाँ भी वह ढंग है।

अमृतराय-क्या तुम लोगों के यहाँ भी यही हाल है।

प्राणनाथ-जनाब, इससे भी बदतर। कहारी सब छोड़ भागे। जिस कुंये से पानी आता था वहाँ कई बदमाश लठ लिए बैठे हैं कि कोई पानी भरने आये तो उसकी गर्दन झाड़ें।

जीवननाथ-अजी, वह तो कहो कुशल होयी कि पहले से पुलिस का प्रबन्ध कर लिया, नहीं तो इस वक्त शायद अस्पताल में होते।

अमृतराय-आखिर अब क्या किया जाए। नौकरों बिना कैसे काम चलेगा?

प्राणनाथ-मेरी तो राय है कि आप ही ठाकुर बनिए और आप ही चाकर।

जीवनाथ-तुम तो मोटे-ताजे हो। कुएं से दस-बीस कलसे पानी खींच ला सकते हो।

प्राणनाथ-और कौन कहे कि आप बर्तन-भाँडे नहीं माँज सकते।

अमृतराय–अजी अब ऐसे कंगाल भी नहीं हो गये हैं। दो नौकर अभी हैं, जब तक इनसे थोड़ा–बहुत काम लेंगे। आज इलाके पर लिख भेजता हूँ वहाँ से दो–चार नौकर आ जायँगे।

जीवननाथ–यह तो आपने अपना इन्तिजाम किया। हमारा काम कैसे चले।

अमृतराय–बस आज ही यहाँ उठ आओ, चटपट।

जीवननाथ–यह तो ठीक नहीं। और फिर यहाँ इतनी जगह कहाँ है?

अमृतराय–वह दिल से राजी हैं। कई बेर कह चुकी हैं कि अकेले जी घबराता है। यह खबर सुनकर फूली न समायेंगी।

जीवननाथ–अच्छा, अपने यहाँ तो टोह लूँ।

प्राणनाथ–आप भी आदमी हैं या घनचक्कर। यहाँ टोह लूँ वहाँ टोह लूँ।

भलमनसी चाहो तो बग्घी जोतकर ले चलो। दोनों प्राणियों को यहाँ लाकर बैठा दो। नहीं तो जाव टोह लिया करो।

अमृतराय–और क्या, ठीक तो कहते हैं। रात ज्यादा जायगी तो फिर कुछ बनाये न बनेगी।

जीवननाथ–अच्छा जैसी आपकी मरजी।

दोनों युवक अस्तबल में गये। घोड़ा खोला और गाड़ी जोतकर ले गये। इधर अमृतराय ने आकर पूर्णा से यह समाचार कहा। वह सुनते ही प्रसन्न हो गई और इन मेहमानों के लिए खाना बनाने लगी। बाबू साहब ने सुखई की मदद से दो कमरे साफ कराये। उनमें मेज, कुर्सियाँ और दूसरी जरुरत की चीजें रखवा दीं। कोई नौ बजे होंगे कि सवारियाँ आ पहुँची। पूर्णा उनसे बड़े प्यार से गले मिली और थोड़ी ही देर में तीनों सखियाँ बुलबुल की तरह चहकने लगी। रामकली पहले जरा झेंपी। मगर पूर्णा की दो–चार बातों न उसका हियाव भी खोल दिया।

थोड़ी देर में भोजन तैयार हो गया और तीनों आदमी रसोई में गये। इधर चार–पाँच बरस से अमृतराय दाल–भात खाना भूल गये थे। कश्मीरी बावरची तरह तरह के सालन, अनेक प्रकार के माँस खिलाया करता था और

यद्यपि जल्दी में पूर्णा सिवाय सादे खानों के और कुछ न बना सकी थी, मगर सबने इसकी बड़ी प्रशंसा की। जीवननाथ और प्राणनाथ दोनों कशमीरी ही थे, मगर वह भी कहते थे कि रोटी-दाल ऐसी स्वादिष्ट हमने कभी नहीं खाई।

रात तो इस तरह कटी। दूसरे दिन पूर्णा ने बिल्लो से कहा कि जरा बाजार से सौदा लाओ तो आज मेहमानों को अच्छी-अच्छी चीजें खिलाऊँ। बिल्लो ने आकर सुखई से हुक्म लगाया। और सुखई एक टोकरा लेकर बाजार चले। वह आज कोई तीस बरस से एक ही बनिये से सौदा करते थे। बनिया एक ही चालाक था। बुढ़ऊ को खूब दस्तूरी देता, मगर सौदा रुपये में बारह आने से कभी अधिक न देता। इसी तरह इस घूरे साहू ने सब रईसों को फाँस रक्खा था। सुखई ने उसकी दूकान पर पहुँचते ही टोकरा पटक दिया और तिपाई पर बैठकर बोला-लाव घूरे, कुछ सौदा सुलुफ तो दो मगर देरी न लगे। और हर बेर तो घूरे हँसकर सुखई को तमाखू पिलाता और तुरन्त उसके हुक्म की तामील करने लगता। मगर आज उसने उसकी ओर बड़ी रुखाई से देखकर कहा-आगे जाव। हमारे यहाँ सौदा नहीं है।

सुखई-जरा आदमी देख के बात करो। हमें पहचानते नहीं क्या?

घूरे-आगे जाव। बहुत टें-टें न करो।

सुखई-कुछ भाँग-वाँग तो नहीं खा गये क्या? अरे हम सुखई हैं।

घूरे-अजी तुम लाट हो तो क्या? चलो अपना रास्ता देखो।

सुखई-क्या तुम जानते हो, हमें दूसरी दुकान पर दस्तूरी न मिलेगी? अभी तुम्हारे सामने दो आने रूपया लेकर दिखा देता हूँ।

घूरे-तुम सीधे से जाओगे कि नहीं? दुकान से हटकर बात करो। बेचारा सुखई साहू की इस रुखाई पर आश्चर्य करता हुआ दूसरी दुकान पर गया। वहाँ भी यही जवाब मिला। तीसरी दुकान पर पहुँचा। यहाँ भी वही धुतकार मिली। फिर तो उसने सारा-बाजार छान डाला। मगर कहीं सौदा न मिला। किसी ने उसे दुकान पर खड़ा तक होने न दिया। आखिर झक मारकर-सा मुँह लिये लौट आया और सब समाचार कह। मगर नमक-मसाले बिना कैसे काम चले। बिल्लो ने वहा, अबकी मैं जाती हूँ। देखू, कैसे कोई सौदा नहीं देता। मगर वह

हाते से ज्यों ही बाहर निकली कि एक आदमी उसे इधर-उधर टहलता दिखायी दिया। बिल्लो को देखते ही वह उसके साथ हो लिया और जिस-जिस दुकान पर बिल्लो गई, वह भी परछांई की तरह साथ लगा रहा। आखिर बिल्लो भी बहुत दौड़-धूप कर हाथ झुलाते लौट आयी। बेचारी पूर्णा ने हार कर सादे पकवान बनाकर धर दिये।

बाबू अमृतराय ने जब देखा कि द्रोही लोग इसी तरह पीछे पड़े रहे तो उसी दम लाला धनुषधारीलाल को तार दिया कि आप हमारे यहाँ पाँच होशियार खिदमतगार भेज दीजिए। लाला साहब पहले ही समझे हुए थे कि बनारस में दुष्ट लोग जितना ऊधम मचायें थोड़ा है। तार पाते ही उन्होंने अपने होटल के पाँच नौकरों को बनारस रवाना किया। जिनमें एक कश्मीरी महाराज भी थे। दूसरे दिन यह सब आ पहुँचे। सब के सब पंजाबी थे, जो न तो बिरादरी के गुलाम थे और न जिनको टाट बाहर किये जाने का खटका था। विरोधियों ने उनके भी कान भरने चाहे। मगर कुछ दाँव न चला। सौदा भी लखनऊ से इतना मँगा लिया, जो कई महीनों को काफी था।

जब लोगों ने देखा इन शरारतों से अमृतराय को कुछ हानि नहीं पहुँची तो और ही चाल चले। उनके मुवक्किलों को बहकाना शुरु किया कि वह तो ईसाई हो गये हैं। साहबों के संग बैठकर खाते हैं। उनको किसी जानवर के माँस से विचार नहीं है। एक विधवा ब्राह्मणी से विवाह कर लिया है। उनका मुँह देखना, उनसे बातचीत करना भी शास्त्र के विरुद्ध है। मुवक्किलों में बहुधा करके देहातों के राजपूत ठाकुर और भुंइहार थे जो या तो अविद्या की कालकोठरी में पड़े हए थे या नये जमाने के चमत्कार ने उन्हें चौंधिया दिया था। उन्होंने जब यह सब ऊटपटाँग बातें सुनीं, तब वे बहुत बिगड़े, बहुत झल्लाये और उसी दम कसम खाई की अब चाहे जो हो इस अधर्मी को कभी मुकदमा न देंगे। राम-राम इसको वेदशास्त्र का तनिक विचार नहीं भया कि चट एक राँड को घर में बैठाल लिया। छी-छी अपना लोक-परलोक दोनों बिगाड़ दिया। ऐसा ही था तो हिन्दू के घर में काहे को जन्म लिया था। किसी चोर-चंडाल के घर जनमे होते। बाप-दादे का नाम मिटा दिया। ऐसी ही बातें कोई दो सप्ताह तक उन मुवक्किलों में फैलीं। जिसका परिणाम यह हुआ कि

बाबू अमृतराय का रंग फीका पड़ने लगा। जहाँ मारे मुकदमों के साँस लेने का अवकाश न मिलता था। वहाँ अब दिन-भर हाथ पर हाथ धरे बैठे रहने की नौबत आ गयी। यहाँ तक कि तीसरा सप्ताह कोरा बीत गया और उनको एक भी अच्छा मुकदमा न मिला।

जज साहब एक बंगाली बाबू थे। अमृतराय के परिश्रम और तीव्रता, उत्साह और चपलता ने जज साहब की आँखों में उन्होंने बड़ी प्रशंसा दे रक्खी थी। वह अमृतराय की बढ़ती हुई वकालत को देख-देख समझ गये थे कि थोड़े ही दिनों में यह सब वकीलों का सभापति हो जाएगा। मगर जब तीन हफ्ते से उनकी सूरत न दिखायी दी, तब उनको आश्चर्य हुआ। रिश्तेदार से पूछा कि आजकल बाबू अमृतराय कहाँ हैं। रिश्तेदार साहब जाति के मुसलमान और बड़े सच्चे, साफ आदमी थे। उन्होंने सारा ब्योरा जो सुना था कह सुनाया। जज साहब सुनते ही समझ गये कि बेचारे अमृतराय सामाजिक कामों में अग्रण्य बनने का फल भोग रहे हैं। दूसरे दिन उन्होंने खुद अमृतराय को इजलास पर बुलवाया और देहाती जमींदारी के सामने उनसे बहुत देर तक इधर-उधर की बातें की। अमृतराय भी हँस-हँस उनकी बातों का जवाब दिया किये। इस बीच में कई वकीलों और बैरिस्टर जज साहब को दिखाने कि लिए कागज पत्र - लाये मगर साहब ने किसी की ओर ध्यान नहीं दिया। जब वह चले तो साहब ने कुर्सी से उठकर हाथ मिलाया और जरा ज़ोर से बोलो-बहुत अच्छा, बाबू साहब जैसा आप बोलता है, इस मुकदमे में वैसा ही होगा।

आज जब कचहरी बरखास्त हुई तो उन जमीदारों में जिनके मुकदमे आज पेश थे, यों गलचौर होने लगी।

ठाकुर साहब- (पगड़ी बाँधे, मूछें खड़ी किये, मोटा-सा लट्ठ हाथ में लिये) आज जज साहब अमृतराय से खूब-खूब बतियात रहे।

मिश्र जी- (सिर घुटाये,टीका लगाये, मुँह में तम्बाकू दबाये और कन्धे पर अंगोछा रक्खे) खूब व बतियावत रहा मानो कोउ अपने मित्र से बतियावै।

ठाकुर- अमृतराय कैसे हँस-हँस मुड़ी हिलावत रहा

मिश्र जी- बडे. आदमियन का सब जगह आदर होत है।

ठाकुर- जब लों दोनों बतियात रहे, तब तलक कउ वकील आये। बाकी साहेब कोउ की ओर तनिक नाहीं ताकिन।

मिश्र जी- हम कहे देइत हैं तुमार मुकदमा उनहीं के राय से चले। सुनत रहयो कि नाहीं जब अमृतराय चले लागे तो जज साहब कहेन कि इस मुकदमे में वैसा ही होगा

ठाकुर- सुना काहे नहीं, बाकी फिर काव करी।

मिश्र जी- इतना तो हम कहित है कि अस वकिल पिरथी भर में नाहीं ना।

ठाकुर- कस बहस करत हैं मानो जिह्वा पर सरस्वती बैठी होय। उनकर बराबरी करैया आज कोई नाहीं है।

मिश्र जी- मुदा इसाई होइ गया। राँड से ब्याह किहेसि।

ठाकुर- एतनै तो बीच परा है। अगर उनका वकील किहे होईत तो बाजी बद के जीत जाईत।

इसी तरह दोनो में बातें हुई और दिया में बती पड़ते-पड़ते दोनों अमृतराय के पास गये और उनसे मुकदमे की कुल रुयदाद बयान कि। बाबू साहब ने पहले ही समझ लिया था कि इस मुकदमें में कुछ जान नहीं है। तिस पर उन्होंने मुकदमा ले लिया और दूसरे दिन एसी योग्यता से बहस की कि दूसरी ओर के वकील- मुखतियार खड़े मुँह ताकते रह गये। आखिर जीत का सेहरा भी उन्हीं के सिर रहा। जज साहब उनकी वक्तृता पर ऐसे प्रसन्न हुए कि उन्होंने हँसकर धन्यबाद दिया और हाथ मिलया। बस अब क्या था। एक तो अमृतराय यों ही प्रसिद्ध थे, उस पर जज साहब का यह बर्ताव और भी सोने पर सुहागा हो गया। वह बँगले पर पहुँच कर चैन से बैठने भी न पाये थे, कि मुवक्किलों के दल के दल आने लगे और दस बजे रात तक यही तांता लगा रहा। दूसरे दिन से उनकी वकालत पहले से भी अधिक चमक उठी।

द्रोहियों ने जब देखा कि हमारी चाल भी उलटी पड़ी तो और भी दाँत पीसने लगे। अब मुंशी बदरीप्रसाद तो थे ही नहीं कि उन्हें सीधी चालें बताते। और न ठाकुर थे कि कुछ बाहुबल का चमत्कार दिखाते। बाबू कमलाप्रसाद

अपने पिता के सामने ही से इन बातों से अलग हो गये थे। इसलिये द्रोहियों को अपना और कुछ बस न देख कर पंडित भृगुदत का द्वार खटखटाया। उनसें कर जोड़ कर कहा कि महाराज! कृपा-सिन्धु! अब भारत वर्ष में महा उत्पात और घोर पाप हो रहा है। अब आप ही चाहो तो उसका उद्धार हो सकता है। सिवाय आप के इस नौका को पार लगाने वाला इस संसार में कोई नहीं है। महाराज ! अगर इस समय पूरा बल न लगाया तो फिर इस नगर के वासी कहीं मुँह दिखाने के योग्य नहीं रहेंगे। कृपा के परनाले और धर्म के पोखरा ने जब अपने जजमानों को ऐसी दीनता से स्तुति करते देखा तो दाँत निकालकर बोले 'आप लोग जौन है तौन घबरायें मत्। आप देखा करें कि भृगुदत क्या करते हैं।'

सेठ धूनीमल- महाराज! कुछ ऐसा यतन कीजिये कि इस दुष्ट का सत्यानाश हो जाय! कोई नाम लेवा न बचे।

कई आदमी- हाँ महाराज! इस घड़ी तो यही चाहिये।

भृगुदत- यही चाहिये तो यही लेना। सर्वथा नाश न कर दूं तो ब्राहमण नहीं। आज के सातवें दिन उसका नाश हो जायेगा।

सेठ जी- दृव्य जो लगे बेखटके कोठी से मँगा लेना।

भृगुदत- इसके कहने की कोई आवश्यकता नहीं। केवल पाँच सौ ब्राहमण का प्रतिदिन भोजन होगा।

बाबू दीनानाथ-तो कहिये तो कोई हलवाई लगा दिया जाए। राघो हलवाई पेड़े और लडू बहुत अच्छे बनाता है।

भृगुदत- जो पूजा मैं कराऊँगा उसमें पेड़ा खाना वर्जित है। अधिक इमरती का सेवन हो। उतना ही कार्य सिद्ध हो जाता है।

इस पर पंडित जी के एक चेले ने कहा- गुरू जी! आज तो आप ने न्याय का पाठ देते समय कहा था कि पेड़े के साथ दही मिला दिया जाए तो उसमें कोई दोष नहीं रहता।

भृगुदत- (हँसकर) हाँ- हाँ अब स्मरण हुआ। मनु जी ने इस श्लोक में इस बात का प्रमाण दिया है।

दीनानाथ-(मुसकराकर) महाराज! चेला तो बड़ा तीव्र है।

सेठ जी-यह अपने गुरूजी से बाजी ले जायेगा।

भृगुदत-अबकी इसने एक यज्ञ में दो सेर पूरियाँ खायीं। उस दिन से मैंने इसका नाम अंतिम परीक्षा में लिख दिया।

चेला- मैं अपने मन से थोड़ा ही उठा। अगर जजमान हाथ जोड़कर उठा न देते तो अभी सेर भर और खा के उठता।

दीनानाथ-क्यों न हो पट्ठे ! जैसे गुरू वैसे चेला!

सेठ जी- महाराज, अब हमको आज्ञा दीजिए। आज हलवाई आ जाएगा। मुनीम जी भी उसके साथ लगे रहेंगे। जो सौ दो सौ का काम लगे मुनीम जी से फरमा देना। मगर बात तब है कि आप भी इस बिषय में जान लड़ा दें।

पंडित जी ने सिर का कद्दू हिलाकर कहा- इसमें आप कोई खटका न समझिये। एक सप्ताह में अगर दुष्ट का न नाश हो जाए तो नाम भृगुदत नहीं। अब आपको पूजन की विधि भी बता ही दूं। सुनिए तांत्रिक विद्या में एक मंत्र ऐसा भी है जिसके जगाने से बैरी की आयु क्षीण होती है। अगर दस आदमी प्रतिदिवस उसका पाठ करे तो आयु में दोपहर की हानि होगी। अगर सौ आदमी पाठ करें तो दस दिन की हानि होगी। यदि पाँच सौ पाठ नित्य हों तो हर दिन पाँच वर्ष आयु घटती है।

सेठ जी- महाराज, आप ने इस घड़ी ऐसी बात कही कि हमारा चोला मस्त हो गया, मस्त हो गया।

दीनानाथ- कृपासिन्धु, आप धन्य हो! आप धन्य हो!

बहुत से आदमी- एक बार बोलो- पंड़ित भृगुदत जय!

बहुत से आदमी- एक बार बोलो- दुष्टों की छै! छै!!

इस तरह कोलाहल मचाते हुए लोग अपने-अपने घरों को लौटे। उसी दिन राघो हलवाई पंडित जी के मकान पर जा डटा। पूजा-पाठ होने लगे। पाँच सौ भुक्खड़ एकत्र हो गये और दोनों जून माल उड़ाने लगे। धीरे-धीरे पाँच सौ से एक हजार नम्बर पहुँचा पूजा-पाठ कौन करता है। सबेरे से भोजन का प्रबन्ध करते-करते दोपहर हो जाता था। और दोपहर से भंग- बूटी छानते रात

हो जाती थी। हाँ, पंडित भृगुदत दास का नाम पूरे शहर में उजागर हो रहा था। चारों ओर उनकी बड़ाई गाई जा रही थी। सात दिन यही अधाधुंध मचा रहा। यह सब कुछ हुआ। मगर बाबू अमृतराय का बाल बाँका न हो सका। कही चमार के सरापे डांगर मरते हैं। ऐसे आँख के अंधे और गांठ के पूरे न फँसे तो भृगुदत जैसे गुर्गो को चखौतिया कौन कराये। सेठ जी के आदमी तिल-तिल पर अमृतराय के मकान पर दौड़ते थे कि देखें कुछ जंत्र-मंत्र का फल हुआ कि नहीं। मगर सात दिन के बीतने पर कुछ फल हुआ तो यही कि अमृतराय की वकालत सदा से बढकर चमकी हुई थी।

12.

एक स्त्री के दो पुरुष नहीं हो सकते

प्रेमा का ब्याह हुए दो महीने से अधिक बीत चुके हैं, मगर अभी तक उसकी अवस्था वही है, जो कुँवारेपन में थी। वह हरदम उदास और मलिन रहती है। उसका मुख पीला पड़ गया। आँखें बैठी हुई, सर के बाल बिखरे, उसके दिल में अभी तक बाबू अमृतराय की मुहब्बत बनी हुई है। उनकी मूर्ति हरदम उसकी आँखों के सामने नाचा करती है। वह बहुत चाहती है कि उनकी सूरत हृदय से निकाल दे, मगर उसका कुछ बस नहीं चलता। यद्यपि बाबू दाननाथ उससे सच्चा प्रेम रखते हैं और बड़े सुन्दर हँसमुख, मिलनसार मनुष्य हैं, मगर प्रेमा का दिल उनसे नहीं मिलता। वह उनसे प्रेम-भाव दिखाने में कोई बात उठा नहीं रखती। जब वह मौजूद होते हैं तो वह हँसती भी हैं, बातचीत भी करती है, प्रेम भी जताती है, मगर जब वह चले जाते हैं तब उसके मुख पर फिर उदासी छा जाती है। उसकी सूरत फिर वियोगिन की-सी हो जाती है।

अपने मैके में उसे रोने की कोई रोक-टोक न थी। जब चाहती और जब तक चाहती, रोया करती थी। मगर यहाँ रो भी नहीं सकती। या रोती भी तो छिपकर। उसकी बूढी सास उसे पान की तरह फेरा करती है। केवल इसलिए नहीं कि वह उससे प्रेम करती या उसका दबाव मानती है, बल्कि इसलिए कि वह अपने साथ बहुत-सा दहेज लायी है। उसने सारी गृहस्थी पतोहू के ऊपर छोड़ रक्खी है और हरदम ईश्वर से विनय किया करती है कि पोता खेलाने के दिन जल्द आयें।

बेचारी प्रेमा की अवस्था बहुत ही शोचनीय और करुणा के योग्य है। वह हँसती है तो उसकी हँसी में रोना मिला होता है। वह बातचीत करती है तो ऐसा जान पड़ता है कि अपने दुख की कहानी कह रही है। बनाव-सिंगार में उसकी तनिक भी रुचि नहीं है। अगर कभी सास के कहने-सुनने से कुछ सजावट करती भी है तो उस पर नहीं खिलता। ऐसा मालूम होता है कि इसकी कोमल गात में जो मोहिनी थी, वह रुठ कर कहीं और चली गयी। वह बहुधा अपने ही कमरे में बैठी रहती है। हाँ, कभी-कभी गाकर दिल बहलाती है। मगर उसका गाना इसलिए नहीं होता कि उससे चित्त को आनन्द प्राप्त हो, बल्कि वह मधुर स्वरों में विलाप और विषाद के राग गाया करती है।

बाबू दाननाथ इतना तो शादी करने के पहले ही जानते थे कि प्रेमा अमृतराय पर जान देती है, मगर उन्होंने समझा था कि उसकी प्रीति साधारण होगी। जब मैं उसको ब्याह कर लाऊँगा, उससे स्नेह, बढ़ाऊँगा, उस पर अपने को निछावर करूँगा तो उसके दिल से पिछली बातें मिट जायेंगी और फिर हमारी बड़े आनन्द से कटेगी। इसलिए उन्होंने एक महीने के लगभग प्रेमा के उदास और मलिन रहने की कुछ परवाह न की। मगर उनको क्या मालूम था कि स्नेह का वह पौधा जो प्रेम-रस से सींच-सींच कर परवान चढ़ाया गया है, महीने-दो महीने में कदापि नहीं मुरझा सकता। उन्होंने दूसरे महीने भर भी इस बात पर ध्यान न दिया। मगर जब अब भी प्रेमा के मुख से उदासी की घटा फटते न दिखायी दी तब उनको दुख होने लगा। प्रेम और ईर्ष्या का चोली-दामन का साथ है। दाननाथ सच्चा प्रेम देखते थे। मगर सच्चे प्रेम के बदले में सच्चा प्रेम चाहते भी थे। एक दिन वह सवेरे मकान पर आये और प्रेमा के कमरे में गये तो देखा कि वह सर झुकाये हुए बैठी है। इनको देखते ही उसने सर उठाया और आँचल से आँसू पोंछ उठ खड़ी हुई और बोली-मुझे आज न मालूम क्यों लाला जी की याद आ गयी थी। मैं बड़ी देर से रो रही हूँ।

दाननाथ ने उसको देखते ही समझ लिया था कि अमृतराय के वियोग में आँसू बहाये जा रहे हैं। इस पर प्रेमा ने जो यों हवा बतलायी तो उनके बदन में आग लग गयी। तीखी चितवनों से देखकर बोले-तुम्हारी आँखें हैं और तुम्हारे आँसू, जितना रोया जाय रो, लो, मगर मेरी आँखों में धूल मत झोंको।

प्रेमा इस कठोर वचन को सुनकर चौंक पड़ी और बिना कुछ उत्तर दिये पति की ओर डबडबाई हुई आँखों से ताकने लगी। दाननाथ ने फिर कहा–क्या ताकती हो, प्रेमा? मैं ऐसा मूर्ख नहीं हूँ, जैसा तुम समझती हो। मैंने भी आदमी देखे हैं और मैं भी आदमी पहचानता हूँ। मैं तुम्हारी एक-एक बात को गौर से देखता हूँ, मगर जितना ही देखता हूँ उतना ही चित्त को दुख होता है। क्योंकि तुम्हारा बर्ताव मेरे साथ फीका है। यद्यपि तुमको यह सुनना अच्छा न मालूम होगा, मगर हार कर कहना पड़ता है कि तुमको मुझसे लेश-मात्र भी प्रेम नहीं है। मैने अब तक इस विषय में जबान खोलने का साहस नहीं किया था और ईश्वर जानता है कि तुमसे किस कदर मुहब्बत करता हूँ, मगर मुहब्बत सब कुछ सह सकती है, रुखाई नहीं सह सकती और वह भी कैसी रुखाई जो किसी दूसरे पुरुष के वियोग में उत्पन्न हुई हो। ऐसा कौन बेहया, निर्लज्ज आदमी होगा जो यह देखे कि उसकी पत्नी किसी दूसरे के लिए वियोगिन बनी हुई है और उसका लहू उबलने न लगे और उसके हृदय में क्रोध की ज्वाला धधक न उठे। क्या तुम नहीं जानती हो कि धर्मशास्त्र के अनुसार स्त्री अपने पति के सिवाय किसी दुसरे मनुष्य की ओर कुदृष्टि से देखने से भी पाप की भागी हो जाती है और उसका पतिव्रत भंग हो जाता है।

प्रेमा तुम एक बहुत ऊँचे घराने की बेटी हो और जिस घराने की तुम बहू हो, वह भी इस शहर में किसी से हेठा नहीं। क्या तुम्हारे लिए यह शर्म की बात नहीं है कि तुम एक बाजारों की घूमनेवाली रॉड़ ब्राह्मणी के तुल्य भी न समझी जाओ और वह कौन है, जिसने तुम्हारा ऐसा निरादर किया? वही अमृतराय, जिसके लिए तुम आठों पहर मोती पिरोया करती हो। अगर उस दुष्ट के हृदय में तुम्हारा कुछ भी प्रेम होता तो वह तुम्हारे पिता के बार-बार कहने पर भी तुमको इस तरह धता न बताता। कैसे खेद की बात हैं। इन्हीं आँखों ने उसे तुम्हारी तस्वीर को पैरो से रौंदते हुए देखा है। क्या तुमको मेरी बातों का विश्वास नहीं आता? क्या अमृतराय के कर्तव्य से नहीं विदित होता है कि उनको तुम्हारी रत्ती-भर भी परवाह नहीं हैं। क्या उन्होंने डंके की चोट पर नहीं साबित कर दिया कि वह तुमको तुच्छ समझते है? माना कि कोई दिन ऐसा था कि वह विवाह करने की अभिलाषा रखते थे, पर अब तो वह बात नहीं

रही। अब वह अमृतराय है, जिसकी बदचलनी की सारे शहर में धूम मची हुई है, मगर शोक और अति शोक की बात है कि तुम उसके लिए आँसू बहा-बहाकर अपने मेरे खानदान के माथे कालिख का टीका लगाती हो।

दाननाथ मारे क्रोध के काँप रहे थे। चेहरा तमतमाया हआ था। आँखों से चिनगारी निकल रही थी। बेचारी प्रेमा सिर नीचा किये हुए खड़ी रो रही थी। पति की एक-एक बात उसके कलेजे के पार हुई जाती थी। आखिर न रहा गया। दाननाथ के पैरों पर गिर पड़ी और उन्हें गर्म-गर्म आँसू की बूँदों से भिगो दिया। दाननाथ ने पैर खिसका लिया। प्रेमा को चारपाई पर बैठा दिया और बोले-प्रेमा, रोओ मत। तुम्हारे रोने से मेरे दिल पर चोट लगती है। मैं तुमको रुलाना नहीं चाहता, परन्तु उन बातों को कहे बिना रह भी नहीं सकता। अगर यह दिल में रह गईं तो नतीजा बुरा पैदा करेंगी। कान खोलकर सुनो। मैं तुमको प्राण से अधिक प्यार करता हूँ। तुमको आराम पहुँचाने के लिए हाजिर हूँ, मगर तुमको सिवाय अपने किसी दूसरे का ख्याल करते नहीं देख सकता। अब तक न जाने कैसे-कैसे मैंने दिल को समझाया। मगर अब वह मेरे बस का नहीं। अब वह यह जलन नहीं सह सकता। मैं तुमको चेताये देता हूँ कि यह रोना-ध ोना छोड़ो। यदि इस चेताने पर भी तुम मेरी बात न मानो तो फिर मुझे दोष मत देना। बस इतना कहे देता हूँ। कि स्त्री के दो पति कदापि जीते नहीं रह सकते।

यह कहते हुए बाबू दाननाथ क्रोध में भरे बाहर चले आये। बेचारी प्रेमा को ऐसा मालूम हुआ कि मानो किसी ने कलेजे में छुरी मार दी। उसको आज तक किसी ने भूलकर भी कड़ी बात नहीं सुनायी थी। उसकी भावज कभी-कभी ताने दिया करती थी मगर वह ऐसे न होते थे। वह घंटों रोती रही। इसके बाद उसने पति की सारी बातों पर विचार करना शुरु किया और उसके कानों में यह शब्द गूंजने लगे-एक स्त्री के दो पति कदापि जीते नहीं रह सकते।

इनका क्या मतलब है?

13.

शोकदायक घटना

पूर्णा, रामकली और लक्ष्मी तीनों बड़े आनन्द से हिता-मिलकर रहने लगी। उनका समय अब बातचीत, हँसी-दिल्लगी में कट जाता। चिन्ता की परछांई भी न दिखायी देती। पूर्णा दो-तीन महीने में निखर कर ऐसी कोमलांगी हो गयी थी कि पहिचानी न जाती थी। रामकली भी खूब रंग-रूप निकाले थी। उसका निखार और यौवन पूर्णा को भी मात करता था। उसकी आँखों में अब चंचलता और मुख पर वह चपलता न थी जो पहले दिखायी देती थी। बल्कि अब वह अति सुकुमार कामिनी हो गयी थी। अच्छे संग में बैठते-बैठते उसकी चाल-ढाल में गम्भीरता और धैर्य आ गया था। अब वह गंगा स्नान और मन्दिर का नाम भी लेती। अगर कभी-कभी पूर्णा उसको छोड़ने के लिए पिछली बातें याद दिलाती तो वह नाक-भौं चढ़ा लेती, रुठ जाती। मगर इन तीनों में लक्ष्मी का रुप निराला था। वह बड़े घर में पैदा हुई थी। उसके माँ-बाप ने उसे बड़े लाड़-प्यार से पाला था और उसका बड़ी उत्तम रीति पर शिक्षा दी थी। उसका कोमल गात, उसकी मनोहर वाणी, उसे अपनी सखियाँ में रानी की पदवी देती थी। वह गाने-बजाने में निपुण थी और अपनी सखियों को यह गुण सिखाया करती थी। इसी तरह पूर्णा को अनेक प्रकार के व्यंजन बनाने का व्यसन था। बेचारी रामकली के हाथों में यह सब गुण न थे। हाँ, वह हँसोड़ी थी और अपनी रसीली बातों से सखियों को हँसाया करती थी।

एक दिन शाम को तीनों सखियाँ बैठी बातचीत कर रही थीं कि पूर्णा ने मुसकराकर रामकली से पूछा–क्यों रम्मन, आजकल मन्दिर पूजा करने नहीं जाती हो।

रामकली ने झेंपकर जवाब दिया–अब वहाँ जाने को जी नहीं चाहता। लक्ष्मी रामकली का सब वृत्तान्त सुन चुकी थी। वह बोली–हाँ बुआ, अब तो हँसने बोलने का सामान घर ही पर ही मौजूद है।

रामकली–(तिनककर) तुमसे कौन बोलता है, जो लगीं जहर उगलने। बहिन, इनको मना कर दो, यह हमारी बातों में न बोला करें। नहीं तो अभी कुछ कह बैठूंगी तो रोती फिरेंगी।

पूर्णा–लछिमी (लक्ष्मी) सखी को मत छोड़ो।

लक्ष्मी–(मुसकराकर) मैंने कुछ झूठ थोड़े ही कहा था, जो इनको ऐसा कड़ुआ मालूम हुआ।

रामकली–जैसी आप हैं, वैसी सबको समझती हैं।

पूर्णा– लछिमी, तुम हमारी सखी को बहुत दिक किया करती हो। तुम्हारी बला से वह मन्दिर में जाती थीं।

लक्ष्मी–जब मैं कहती हूँ तो रोती काहे को हैं।

पूर्णा–अब यह बात उनको अच्छी नहीं लगती तो तुम काहे को कहती हो। खबरदार, अब फिर मन्दिर का नाम मत लेना।

लक्ष्मी–अच्छा रम्मन, हमें एक बात बता दो तो, हम फिर तुम्हें कभी न छेड़ें–महन्त जी ने मंत्र देते समय तुम्हारे कान में क्या कहा? हमारा माथा छुए जो झूठ बोले।

रामकली–(चिटक कर) सुना लछिमी, हमसे शरारत करोगी तो ठीक न होगा। मैं जितना ही तरह देती हूँ, तुम उतनी ही सर चढ़ी जाती हो।

पूर्णा–ऐ तो बतला क्यों नहीं देती, इसमें क्या हर्ज है?

रामकली–कुछ कहा होगा, तुम कौन होती हो पूछनेवाली? बड़ी आयीं वहाँ से सीता बन के।

पूर्णा–अच्छा भाई, मत बताओ, बिगड़ती काहे को हो?

लक्ष्मी, बताने की बात ही नहीं बतला कैसे दें।

रामकली–कोई बात भी हो कि यों ही बतला दूँ।

पूर्णा–अच्छा यह बात जाने दो। बताओ उस तंबोली ने तुम्हें पान खिलाते समय क्या कहा था।

रामकली–फिर छेड़खानी की सूझी। मैं भी पते की बात कह दूँगी तो लजा जाओगी।

लक्ष्मी–तुम्हे हमार कसम सखी, जरुर कहो। यह हम लोगों की बातें तो पूछ लेती है, अपनी बातें एक नहीं कहतीं।

रामकली–क्यों सखी, कहूँ? कहती हूँ, बिगड़ना मत।

पूर्णा– कहो, साँच को आँच क्या।

रामकली–उस दिन घाट पर तुमने किसे छाती से लिपटा लिया था।

पूर्णा– तुम्हारा सर।

लक्ष्मी– समझ गयी। बाबू अमृतराय होंगे। क्यों है न?

यह तीनों सखियाँ इसी तरह हँस–बोल रहीं थीं कि एक बूढ़ी औरत ने आकर पूर्णा को आशीर्वाद दिया और उसके हाथ में एक खत रख दिया। पूर्णा ने अक्षर पहिचाने, प्रेमा का पत्र था। उसमें यह लिखा था– "प्यारी पूर्णा तुमसे भेंट करने को बहुत जी चाहता है। मगर यहाँ घर से बाहर पाँव निकालने की मजाल नहीं। इसलिए यह खत लिखती हूँ। मुझे तुमसे एक अति आवश्यक बात करनी है। जो पत्र में नहीं लिख सकती हूँ। अगर तुम बिल्लो को इस पत्र का जवाब देकर भेजो तो जबानी कह दूँगी। देखो, देर मत करना। नहीं तो अनर्थ हो जाएगा। आठ बजे के पहले बिल्लो यहाँ अवश्य आ जाए।

तुम्हारी सखी

प्रेमा"

पत्र पढ़ते ही पूर्णा का चित्त व्याकुल हो गया। चेहरे का रंग उड़ गया और अनेक प्रकार की शंकाएँ लगी–या नारायण! अब क्या होनेवाला है। लिखती है, 'देखो देर मत करना। नहीं तो अनर्थ हो जाएगा।' क्या बात है।

अभी तक वह कचहरी से नहीं लौटे। रोज तो अब तक आ जाया करते थे। इनकी यही बात तो हम को अच्छी नहीं लगती।

लक्ष्मी और रामकली ने जब उसको ऐसा व्याकुल देखा तो घबराकर बोलीं-क्या बहिन, कुशल तो है? इस पत्र में क्या लिखा है?

पूर्णा-क्या बताऊँ क्या लिखा है। रामकली, तुम जरा कमरे में जा के झाँको तो आये या नहीं अभी।

रामकली ने आकर कहा-अभी नहीं आये।

लक्ष्मी-अभी कैसे आयेंगे? आज तो तीन आदमी व्याख्यान देने गये हैं। इसी घबराहट में आठ बजा। पूर्णा ने प्रेमा के पत्र का जवाब लिखा और बिल्लो को देकर प्रेमा को घर भेज दिया। आधा घंटा भी न बीता था कि बिल्लो लौट आयी। रंग उड़ा हुआ। बदहवास और घबरायी हुई। पूर्णा ने उसे देखते ही घबराकर पूछा-कहो बिल्लो, कुशल कहो।

बिल्लो (माथा ठोंककर) क्या कहूँ, बहू कहते नहीं बनता। न जाने अभी क्या होने वाला है।

पूर्णा-क्या कहा? कुछ चिट्ठी-पत्री तो नहीं दिया?

बिल्लो-चिट्ठी कहाँ से देतीं? हमको अन्दर बुलाते डरती थीं। देखते ही रोने लगीं और कहा-बिल्लो, मैं क्या करूँ, मेरा जी यहाँ बिलकुल नहीं लगता। मैं पिछली बातें याद करके रोया करती हूँ। वह (दाननाथ) कभी जब मुझे रोते देख लेते हैं तो बहुत झल्लाते हैं। एक दिन मुझे बहुत जली-कटी सुनायी और चलते-समय धमका कर कहा-एक औरत के दो चाहनेवाले कदापि जीते नहीं रह सकते। यह कहकर बिल्लो चुप हो गयी। पूर्णा के समझ में पूरी बात न आयी। उसने कहा-चुप क्यों हो गयी? जल्दी कहो, मेरा दम रुका हुआ है।

बिल्लो-इतना कहकर फिर रोने लगी। फिर मुझको नजदीक बुला के कान में कहा-बिल्लो, उसी दिन से मैं उनके तेवर बदले हुए देखती हूँ। वह तीन आदमियों को साथ लेकर रोज शाम को न जाने कहाँ जाते हैं। आज मैंने छिपकर उनकी बातचीत सुन ली। बारह बजे रात को जब अमृतराय पर चोट करने की सलाह हुई है। जब से मैंने यह सुना है, हाथों के तोते उड़े हुए हैं। मुझ अभागिनी के कारण न जाने कौन-कौन दुख उठायेगा।

बिल्लो की जबानी यह बातें सुनकर पूर्णा के पैर तले से मिट्टी निकल गयी। दाननाथ की तसवीर भयानक रुप धारण किये उसकी आँखों के सामने आकर खड़ी हो गयी।

वह उसी दम दौड़ती हुई बैठक में पहुँची। बाबु अमृतराय का वहाँ पता न था। उसने अपना माथा ठोंक बिल्लो से कहा।–तुम जाकर आदमियों को कह दो, फाटक पर खड़े हो जाएं और खुद उसी जगह एक कुर्सी पर बैठकर गुनने लगी कि अब उनको कैसे खबर करूँ कि इतने में गाड़ी की खड़खड़ाहट सुनायी दी। पूर्णा का दिल बड़े ज़ोर से धड़-धड़ करने लगा। वह लपक कर दरवाजे पर आयी और कॉपती हुई आवाज से पुकार बोली-इतनी देर कहाँ लगायी? जल्दी आते क्यों नहीं?

अमृतराय जल्दी से उतरे और कमरे के अन्दर कदम रखते ही पूर्णा ऐसे लिपट गयी मानो उन्हें किसी के वार से बचा रही है और बोली-इतनी जल्दी क्यों आये, अभी तो बहुत सवेरा है।

अमृतराय-प्यारी, क्षमा करो। आज जरा देर हो गयी।

पूर्णा-चलिए रहने दीजिए। आप तो जाकर सैर-सपाटे करते हैं। यहाँ दूसरों की जान हलकान होती है।

अमृतराय क्या बतायें, आज बात ऐसी आ पड़ी कि रुकना पड़ा। आज माफ करो। फिर ऐसी देर न होगी।

यह कहकर वह कपड़े उतारने लगे। मगर पूर्णा वही खड़ी रही जैसे कोई चौंकी हुई हिरिणी। उसकी आँखें दरवाजे की तरफ लगी थीं। अचानक उसको किसी मनुष्य की परछाई दरवाजे के सामने दिखायी पड़ी। और वह बिजली की तरह चमककर दरवाजा रोककर खड़ी हो गयी। देखा तो कहार था। जूता खोलने आ रहा था। बाबू साहब ने ध्यान से देखा तो पूर्णा कुछ घबरायी हुई दिखायी दी। बोले---प्यारी, आज तुम कुछ घबरायी हुई हो।

पूर्णा-सामनेवाला दरवाजा बन्द कर दो।

अमृतराय-गरमी हो रही हैं। हवा रुक जाएगी।

पूर्णा-यहाँ न बैठने दूंगी। ऊपर चलो।

अमृतराय-क्यों बात क्या है? डरने की कोई वजह नहीं।

पूर्णा-मेरा जी यहाँ नहीं लगता। ऊपर चलो। वहाँ चाँदनी में खूब ठंडी हवा आ रही होगी।

अमृतराय मन में बहुत सी बातें सोचते-सोचते पूर्णा के साथ कोठे पर गये। खुली हुई छत थी। कुर्सियाँ धरी हुई थीं। नौ बजे रात का समय, चैत्र के दिन, चाँदनी खूब छिटकी हुई, मन्द-मन्द शीतल वायु चल रही थी। बगीचे के हरे-भरे वृक्ष धीरे-धीरे झूम-झूम कर अति शोभायमान हो रहे थे। जान पड़ता था कि आकाश ने ओस की पतली हलकी चादर सब चीजों पर डाल दी है। दूर-दूर के धुंधले-धुंधले पेड़ ऐसे मनोहर मालूम होते हैं, मानो वह देवताओं के रमण करने के स्थान हैं। या वह उस तपोवन के वृक्ष हैं, जिनकी छाया में शकुन्तला और उसकी सखियाँ भ्रमण किया करती थीं और जहाँ उस सुन्दरी ने अपने जान के आधार राजा दुष्यन्त को कमल के पत्ते पर प्रेम-पाती लिखी थी।

पूर्णा और अमृतराय कुर्सियों पर बैठ गये। ऐसे सुखदाय एकांत में चन्द्रमा की किरणों ने उनके दिलों पर आक्रमण करना शुरु किया। अमृतराय ने पूर्णा के रसीले अधर चूमकर कहा-आज कैसी सुहावनी चाँदनी है।

पूर्णा-मेरी जी इस घड़ी चाहता है कि मैं चिड़िया होती।

अमृतराय-तो क्या करतीं।

पूर्णा-तो उड़कर उन दूरवाले पेड़ों पर जा बैठती।

अमृतराय-अहा हा देखा, लक्ष्मी कैसा अलाप रही है।

पूर्णा-लक्ष्मी का-सा गाना मैंने कहीं नहीं सुना। कोयल की तरह कूकती है। सुनो कौन गीत है। सुना!

मोरी सुधि जनि बिसरैहो, महाराज।

अमृतराय-जी चाहता है, उसे यहीं बुला लूँ।

पूर्णा- नहीं। यहाँ गाते लजायेगी। सुनो।

इतनी विनय मैं तुमसे करत हौं, दिन-दिन स्नेह बढ़ैयो महाराज।

अमृतराय-हाय जी बेचैन हुआ जाता है।

पूर्णा---जैसे कोई कलेजे में बैठा चुटकियाँ ले रहा हो। कान लगाओ, कुछ सुना, कहती है।

मैं मधुमाती अरज करत हूँ नित दिन पत्तिया पढ़ैयो, महाराज।

अमृतराय-कोई प्रेम-रस की पाती अपने सजन से कह रही है।

पूर्णा-कहती है नित दिन पत्तिया पढ़ैयो, महाराज हाय! बेचारी प्रेम में डूबी हुई है।

अमृतराय-चुप हो गयी। अब वह सन्नाटा कैसा मनोहर मालूम होता है।

पूर्णा---प्रेमा भी बहुत अच्छा गाती थी, मगर ऐसा नहीं।

प्रेमा का नाम जबान पर आते ही पूर्णा यकायक चौंक पड़ी और अमृतराय के गले में हाथ डालकर बोली-क्यों प्यारे तुम उन गड़बड़ी के दिनों में हमारे घर जाते थे तो अपने साथ क्या ले जाया करते थे।

अमृतराय (आश्चर्य से) क्यों? किसलिए पूछती हो?

पूर्णा-यों ही ध्यान आ गया।

अमृतराय-अंग्रेजी तमंचा था। उसे पिस्तौल कहते हैं।

पूर्णा-भला किसी आदमी के पिस्तौल की गोली लगे तो क्या हो।

अमृतराय-तुरंत मर जाए।

पूर्णा-मैं चलाना सीखूं तो आ जाए।

अमृतराय-तुम पिस्तौल चलाना सीखकर क्या करोगी? (मुसकराकर) क्या नैनों की कटारी कुछ कम है? इस दम यही जी चाहता है कि तुमको कलेजे में रख लूँ।

पूर्णा-(हाथ जोड़कर) मेरी तुमसे यही विनय है-मेरा सुधि जनि बिसरैहो, महाराज।

यह कहते-कहते पूर्णा की आँखों में नीर भर आया। अमृतराय भी गदगद स्वर हो गये और उसको खूब भेंच-भेंच प्यार किया, इतने में बिल्लो ने आकर कहा-चलिए रसोई तैयार है।

अमृतराय तो उधर भोजन पाने गये और पूर्णा ने इनकी अलमारी खोलकर पिस्तौल निकाल ली और उसे उलट-पुलट कर गौर से देखने लगी। जब अमृतराय अपने दोनों मित्रों के साथ भोजन पाकर लौटे और पूर्णा को पिस्तौल लिये देखा तो जीवननाथ ने मुसकराकर पूछा-क्यों भाभी, आज किसका शिकार होगा?

पूर्णा-इसे कैसे छोड़ते है, मेरे तो समझ ही में नहीं आता।

जीवननाथ-लाओ मैं बता दूँ।

यह कहकर जीवननाथ ने पिस्तौल हाथ में ली। उसमें गोली भरी और बरामदे में आये और एक पेड़ के तने में निशान लगा कर दो-तीन फायर किये। अब पूर्णा ने पिस्तौल हाथ में ली। गोली भरी और निशाना लगाकर दागा, मगर ठीक न पड़ा। दूसरा फायर फिर किया। अब की निशाना ठीक बैठा। तीसरा फायर किया। वह भी ठीक। पिस्तौल रख दी और मुसकराते हुए अन्दर चली गयी। अमृतराय ने पिस्तौल उठा लिया और जीवननाथ से बोले कुछ समझ में नहीं आता कि आज इनको पिस्तौल की धुन क्यों सवार है।

जीवननाथ-पिस्तौल रखी देख के छोड़ने को जी चाहा होगा।

अमृतराय-नहीं,आज जब से मैं आया हूँ, कुछ घबराया हुआ देख रहा हूँ।

जीवननाथ-आपने कुछ पूछा नहीं।

अमृतराय-पूछा तो बहूत मगर जब कुछ बतलायें भी, हूँ-हाँ कर के टाल गईं।

जीवननाथ-किसी किताब में पिस्तौल की लड़ाई पढ़ी होगी। और क्या?

प्राणनाथ-यही मैं भी समझता हूँ।

जीवननाथ-सिवाय इसके और हो ही क्या सकता है?

कुछ देर तक तीनों आदमी बैठे गप-शप करते रहे। जब दस बजने को आये तो लोग अपने-अपने कमरों में विश्राम करने चले गये। बाबू साहब भी लेटे। दिन-भर के थके थे। अखबार पढ़ते-पढ़ते सो गये। मगर बेचारी पूर्णा की आँखों में नींद कहाँ? वह बारह बजे तक एक कहानी पढ़ती रही। जब तमाम

सोता पड़ गया और चारों तरफ सन्नाटा छा गया तो उसे अकेले डर मालूम होने लगा। डरते ही डरते उठी और चारों तरफ के दरवाजे बन्द कर लिये।

मगर जवानी की नींद, बहुत रोकने पर भी एक झपकी आ ही गयी। आधी घड़ी भी न बीती थी कि भय में सोने के कारण उसे एक अति भंयकर स्वप्न दिखायी दिया। चौंककर उठ बैठी, हाथ-पॉव थर-थर काँपने लगे। दिल में धड़कन होने लगी। पति का हाथ पकड़कर चाहती थी कि जगा दें। मगर फिर यह समझकर कि इनकी प्यारी नींद उचट जाएगी तो तकलीफ होगी, उनका हाथ छोड़ दिया। अब इस समय उसकी जो अवस्था है वर्णन नहीं की जा सकती। चेहरा पीला हो रहा है, डरी हुई निगाहों से इधर-उधर ताक रही है, पत्ता भी खड़खड़ाता है ता चौंक पड़ती है। कभी अमृतराय के सिरहाने खड़ी होती है, कभी पैताने। लैम्प की धुंधली रोशनी में वह सन्नाटा और भी भयानक मालूम हो रहा है। तसवीरें जो दीवारों से लटक रही हैं, इस समय उसको घूरते हुए मालूम होती हैं। उसके सब रोंगटे खड़े हैं। पिस्तौल हाथ में लिये घबरा-घबरा कर घड़ी की तरफ देख रही है। यकायक उसको ऐसा मालूम हुआ कि कमरे की छत दबी जाती है। फिर घड़ी की सुइयों को देखा। एक बज गया था। इतने ही में उसको कई आदमियों के पाँव की आहट मालूम हुई। कलेजा बाँसों उछालने लगा। उसने पिस्तौल सम्हाली। यह समझ गयी कि जिन लोगों के आने का खटका था वह आ गये। तब भी उसको विश्वास था कि इस बन्द कमरे में कोई न आ सकेगा। वह कान लगाये पैरों की आहट ले रही थी कि अकस्मात दरवाजे पर बड़े ज़ोर से धक्का लगा और जब तक वह बाबू अमृतराय को जगाये कि मजबूत किवाड़ आप ही आप खुल गये और कई आदमी धड़धड़ाते हुए अन्दर घुस आये। पूर्णा ने पिस्तौल सर की। तड़ाके की आवाज हुई। कोई धम्म से गिर पड़ा, फिर कुछ खट-खट होने लगा। दो आवाजें पिस्तौल के छुटने की और हुईं। फिर धमाका हुआ। इतने में बाबू अमृतराय चिल्लाये। दौड़ो-दौड़ो, चोर, चोर। इस आवाज के सुनते ही दो आदमी उनकी तरफ लपके। मगर इतने में दरवाजे पर लालटेन की रोशनी नजर आयी और प्राणानाथ और जीवननाथ हाथों में सोटे लिए आ पहुँचे। चोर भागने लगे, मगर दोनों के दोनों पकड़ लिए गये। जब लालटेन लेकर जमीन पर देखा

तो दो लाशें दिखायी दीं। एक तो पूर्णा की लाश थी और दूसरी एक मर्द की। यकायक प्राणनाथ ने चिल्ला कर कहा–अरे यह तो बाबू दाननाथ हैं।

बाबू अमृतराय ने एक ठंडी साँस भरकर कहा–आज जब मैंने उसके हाथ में पिस्तौल देखा, तभी से दिल में एक खटका–सा लगा हुआ था। मगर, हाय क्या जानता था कि ऐसी आपत्ति आनेवाली है।

प्राणनाथ–दाननाथ तो आपके मित्रों में थे।

अमतराय---मित्रों में जब थे तब थे। अब तो शत्रु हैं।

पूर्णा को दुनिया से उठे दो वर्ष बीत गये हैं। साँझ का समय हैं। शीतल–सुगंधित चित्त को हर्ष देनेवाली हवा चल रही है। सूर्य की विदा होनेवाली किरणें खिड़की से बाबू अमृतराय के सजे हुए कमरे में जाती हैं और पूर्णा के पूरे कद की तसवीर के पैरों को चूम–चूम कर चली जाती हैं। उनकी लाली से सारा कमरा सुनहरा हो रहा है। रामकली और लक्ष्मी के मुखड़े इस समय मारे आनन्द के गुलाब की तरह खिले हुए हैं। दोनों गहने–पाते से लैस हैं और जब वह खिड़की से सिर निकालती हैं और सुनहरी किरणें उनके गुलाब–से मुखड़ों पर पड़ती हैं तो जान पड़ता है कि सूर्य आप बलैयां ले रहा है। वह रह–रहकर ऐसी चितवनों से ताकती हैं जैसी किसी की राह देख रही हैं। यकायक रामकली ने खुश होकर कहा–सखी वह देखो आ गये। उनके कपड़े कैसे सुन्दर मालूम देते हैं। एक अति सुन्दर फिटन चमचम करती हुई फाटक के अंदर दाखिल होती है और बँगले के बरामदे में आकर रुकती है। बाबू अमृतराय उसमें से उतरते हैं। मगर अकेले नहीं। उनका एक हाथ प्रेमा के हाथ में है। यद्यपि बाबू साहब का सुन्दर चेहरा कुछ पीला हो रहा है। मगर होंठों पर हलकी–सी मुसकराहट झलक रही है और माथे पर केसर का टीका और गले में खूबसूरत हार और भी शोभा बढ़ा रहे हैं। प्रेमा सुन्दरता की मूरत और जवानी की तस्वीर हो रही है। जब हमने उसको पिछली बार देखा था तो चिन्ता और दुर्बलता के चिह्न मुखड़े से पाये जाते थे, मगर अब कुछ और ही यौवन है। मुखड़ा कुन्दन के समान दमक रहा है। बदन गदराया हुआ है। बोटी–बोटी नाच रही है। उसकी चंचलता देखकर आश्चर्य होता है कि क्या वही पीली मुँह और उलझे बाल वाली रोगिन है। उसकी आँखों में इस समय

एक घड़े का नशा समाया हुआ है। गुलाबी जमीन की हरे किनारेवाली साड़ी और उसी रंग की कलाइयों पर चुनी हुई जाकेट उस पर खिल रही है। उस पर गोरी-गोरी कलाइयों में जड़ाऊ कड़े, बालों में गुँथे हुए गुलाब के फूल, माथे पर लाल रोरी की गोल-बिंदी और पाँव में जरदोज के काम के सुन्दर जूते और भी सुन्दरता में सुहागा हो रहे हैं। इस ढ़ंग के सिंगार से बाबू साहब को विशेष करके लगाव है क्योंकि पूर्णा देवी की तसवीर भी ऐसे ही कपड़े पहिने दिखायी देती है और उसे देखकर कोई मुश्किल से कह सकता हैं कि प्रेमा ही की सूरत आइने में उतर कर ऐसा यौवन नहीं दिखा रही है।

अमृतराय ने प्रेमा को एक मखमली कुर्सी पर बिठा दिया और मुसकरा कर बोले-प्यारी प्रेमा, आज मेरी जिन्दगी का सबसे मुबारक दिन है।

प्रेमा ने पूर्णा की तसवीर की तरफ मलिन चितवनों से देखकर कहा-हमारी जिन्दगी का क्यों नहीं कहते?

प्रेमा ने यह कहा था कि उसकी नजर एक लाल चीज पर जा पड़ी जो पूर्णा की तसवीर के नीचे एक खूबसूरत दीवारगीर पर धरी हुई थी। उसने लपककर उसे उठा लिया। और ऊपर का रेशमी गिलाफ हटाकर देखा तो पिस्तौल था।

बाबू अमृतराय ने गिरी हुई आवाज में कहा-यह प्यारी पूर्णा की निशानी है, इसी से उसने मेरी जान बचायी थी।

यह कहते-कहते उनकी आवाज काँपने लगी।

प्रेमा ने यह सुनकर उस पिस्तौल को चूम लिया और फिर बड़ी लिहाज के साथ उसी जगह पर रख दिया।

इतने में दूसरी फिटन दाखिल होती है। और उसमें से तीन युवक हँसते हुए उतरते हैं। तीनों को हम पहचानते हैं।

एक तो बाबू जीवननाथ हैं, दूसरे बाबू प्राणनाथ और तीसरे प्रेमा के भाई बाबू कमलाप्रसाद हैं।

कमलाप्रसाद को देखते ही प्रेमा कुर्सी से उठ खड़ी हुई, जल्दी से घूंघट निकाल कर सिर झुका लिया।

कमलाप्राद ने बहिन को मुसकराकर छाती से लगा लिया और बोले–मैं तुमको सच्चे दिल से मुबारबाद देता हूँ।

दोनों युवकों ने गुल मचाकर कहा–जलसा कराइये जलसा, यों पीछा न छूटेगा।